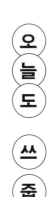

오늘도 쓰줍

해양쓰레기 없는
우리의 바다를 꿈꾸며

한주영 지음

들어
가는
말

어느 날 숲에 큰 불이 났어요. 숲에 살고 있던 모든 동물들이 허겁지겁
도망쳐 나왔지요. 안전한 곳까지 대피한 후, 동물들은 뒤돌아서서
불이 번져나가는 것을 속수무책으로 바라만 보았어요. 그리고
모두들 말했어요. "저 불은 너무 커. 우리는 저렇게 큰 불을 끄기엔
너무 나약하고 힘없는 작은 존재들이야." 그런데 그때, 허밍버드 한
마리가 작은 주둥이로 물을 한 방울씩 나르기 시작했어요. 불을 끄기
위해서였지요. 옆에서 지켜보던 모두가 말했어요. "네가 그렇게 한다고
아무것도 달라지지 않아." 하지만 허밍버드는 "난 내가 할 수 있는 것을
최선을 다해 할 뿐이야"라고 답하곤 계속 물을 날랐대요. 한 번에 한
방울씩.

허밍버드 이야기는 남미에서 전해지는 동화로, 환경운동가들
사이에서 가장 사랑받는 이야기 중 하나다.
하루는 나의 프리다이빙 선생님이기도 한 올드독 웹툰
작가님이 "지구의 미래를 어떻게 바라보세요?"라고 물었다. "저는
좀 부정적이에요. 지구는 희망이 없는 것 같아요" 했더니 "그럼
세이브제주바다 활동은 왜 하세요?"라는 질문이 돌아왔다.
나는 2017년부터 해양쓰레기를 줍고 또 줄이려는 세이브제주바다
활동을 하고 있다. 그런데 지구는 희망이 없는 것 같다고 생각하면서
세이브제주바다 활동을 왜 하고 있는 것일까.
서퍼 친구에게 허밍버드 이야기를 전해 듣고는 그 답을 찾은
듯하다. 나는 한 마리의 허밍버드가 아닐까. 세이브제주바다의
운영진들, 또 활동에 참여하고 후원하고 응원해주시는 분들, 이 모두가
허밍버드들이다. 이런 허밍버드가 점점 더 많아진다면 지구에 희망이
있지 않을까.

'너 혼자 그렇게 유난 떨면 뭐가 달라질 거 같냐?'는 주변 사람의 말에 힘이 빠질 때도 있고, 뉴스나 다큐멘터리 혹은 책을 통해 극심한 환경오염 문제를 직면하면서 '고작 나 하나'의 나약함에 좌절하기도 한다. 그래도 세이브제주바다 활동을 통해 '나와 같은 고민을 하고 나처럼 각자의 자리에서 할 수 있는 만큼 최선을 다함으로써 작지만 변화를 만들려는 사람들이 있구나' 하고 위안을 받는다. 더불어 '함께하면 달라질 수 있다'는 희망이 자라난다.

'나 하나'들이 '우리'가 될 때 큰 변화를 만들 수 있다고 믿는다. '우리'를 만드는 '나 하나'의 가치를 더 많은 사람이 알 수 있길 바란다.

차 례

들어가는 말   004

1부   009

바다에 쓰레기가
이렇게
많았다고?

2부   027

해양쓰레기의
민낯

3부   183

이 많은 쓰레기는
어디로 갈까?

해양쓰레기를 줍다 만난 생물들   225

감사의 말   234

바다에 쓰레기가 이렇게 많았다고?

세이브제주바다의 시작

아름다운 바다, 그 이면이 보이기 시작하다

나는 제주도 동쪽 바닷가 마을인 김녕에서 나고 자랐다. 김녕 하면 에메랄드빛 바다인 김녕해수욕장이 유명하지만 내 어릴 적 놀이터는 김녕항이 있는 영등물이라는 곳이었다. 배가 정박하는 곳은 깊지만 물이 많이 빠지는 날에는 배에서 조금 떨어진 곳에 마법처럼 모래언덕이 드러난다. 주캉(우리는 죽항을 그렇게 불렀다)에서 모래언덕까지 개혜엄을 치고 갈 수 있을 정도로 가까웠지만 어린 나에게는 오물락할 정도(내 키보다 깊은 정도)로 깊었기 때문에 가슴이 쿵광대곤 했다.

내가 제주바다를 떠난 건 스물여섯 살이 되던 해이다. 2008년 2월 나는 샌프란시스코로 유학을 떠났다. 거기서 운명처럼 서핑을 접하게 됐다. 이후 5년 만에 한국에 돌아와 열심히 서핑을 다니기 시작했다.

서핑을 할 때는 '바다와 나' 이렇게 둘만 온전히 존재하는 것처럼 느껴진다. 미래에 대한 불안도 없고 과거에 대한 후회도 없다. 지금 여기 내가 타는 파도와 내가 전부다. 명상을 따로 하지 않아도 서핑을 할 때마다 바다가 가지고 있는 치유의 힘, 사랑의 힘 그리고 포용의 힘이 느껴졌다. 내게는 서핑이 명상이었다. 서핑에 빠질수록 바다에 대한 애정도 더 깊어짐을 느꼈다.

매일 하루 종일 서핑만 하면서 살면 어떤 기분일까 궁금했다. 그렇게 2014년 2월 서핑의 성지 중 하나인 발리로 서핑 트립을 떠났다.

하루는 서프보드에 누워 패들(팔을 저어 앞으로 나아가는 행위)을 하며 라인업으로 가고 있었는데 갑자기 어디선가 쓰레기들이 나타나서 나를 에워쌌다. 패들을 할 때마다 손에 쓰레기가 닿았다. 담배꽁초, 음식물 찌꺼기가 남아 있는 비닐봉지, 플라스틱 컵과 빨대 같은 쓰레기였다.

역겨워서 속이 울렁거릴 지경이었다. 전날 밤 내린 많은 비로 육지에 버려진 쓰레기가 바다에 유입된 것이 아닌가 추측했을 뿐이다.

당시 발리는 뭐든지 다 비닐봉지로 해결되는 곳이었다. 밥이든 국이든 과일이든 뭐든 간에 비닐봉지에 넣어 파는데, 그만큼 버려지는 비닐봉지도 많았다. '발리는 개발도상국이니까 아직 사람들이 환경보호에 대한 인식이 부족해서 그런가 보다' 하고 생각했다.

2014년 4월, 제주도로 다시 돌아온 나는 친구들에게 이 이야기를 들려주었다. 그중에는 제주에서 영어를 가르치는 미국인 친구도 있었는데 "한국도 플라스틱 천국이야!" 하는 게 아닌가! 속으로 '무슨 소리지?' 했는데, 그날 먹을거리를 사러 마트에 갔다가 그때까지 보이지 않던 각종 플라스틱 포장재들이 눈에 들어온 것이다. 방망이로 뒤통수를 맞은 느낌이었다. 감자나 고구마처럼 굳이 포장하지 않아도 될 것들이 플라스틱 박스에 들어 있었고, 바나나도 랩에 싸여 있었다.

눈에 띄기 시작한 것은 이것만이 아니었다. 바다에 갈 때마다 해양쓰레기가 보이기 시작했다. 내가 발리에 갔다 온 2개월 만에 갑자기 생겨난 것이 아닐 텐데 말이다. '관심'이 생기니 오랫동안 눈을 감고 있다가 방금 눈을 뜬 사람처럼 이것저것 보이기 시작했다. 이때부터 사람들이 어떤 쓰레기를 길거리에 버리는지, 어떤 쓰레기가 가장 많이 버려져 있는지 유심히 살펴보게 되었다.

내가 할 수 있는 일이 뭘까 고민하다 일단 장바구니를 들고 다니기 시작했다. 눈에 보이는 비닐봉지 사용만큼은 줄이고 싶었기 때문이다. 농협 마트에 갈 때면 깨끗이 세척되어 비닐 포장된 당근 대신 포장이 안 된 채로 흙이 묻어 있는 당근을 샀다. 물건을 살 때는 쓰레기가 덜 생기는 제품을 선택했다. 또 일회용 컵 사용을 줄이기 위해 텀블러를 가지고 다니기 시작했다. 하지만 이것으론 부족했다. 더 큰 행동이 필요함을 마음 깊은 곳에서부터 느끼고 있었다.

매번 바다에 갈 때마다 쌓여 있는 해양쓰레기를 보면서 정부 탓을 했다. 또 누군가 나서야 하지 않을까 하는 생각도 했다. 그러다 그 '누군가'가 내가 될 수도 있다는 생각을 하기까진 꽤 오랜 시간이 걸렸다. 내가 직접 행동하게 된 것은 발리의 두 십대 소녀들 덕분이다.

2017년 12월, 나는 우연히 TED TALK에서 발리의 두 10대 소녀의 이야기를 보게 되었다. 발리에서 나고 자란 이 자매는 발리의 환경을 지키기 위해 비닐봉지 사용을 하지 말자는 'Bye Bye Plasticbags(바이 바이 플라스틱백)'이라는 캠페인을 하고 있었다. (이들은 2018년 단식투쟁을 강행하면서까지 발리 주지사를 만나 대형 마트에서 비닐봉지 사용을 금지하겠다는 약속을 받아내기도 했다.) 환경을 위하는 어린 친구들의 열정에 나도 감동을 받았다. 캠페인을 시작한 2013년에 두 소녀들은 각각 열두 살과 열 살의 나이였다는 사실도 놀라웠다.

나 역시 변화를 만들어내는 사람이 되어야겠다고 결심했다. 대단하고 특별한 사람이 아니어도, 환경을 사랑하는 마음 하나만으로도 충분히 시작할 수 있음을 깨달은 것이다. 바다를 사랑하는 만큼 바다를 지키고 싶어 하는 서퍼 친구들과, 뭐든 믿고 맡길 수 있을 것 같은 고향 친구 한 명을 무작정 단톡에 초대했다. 그리고 '우리가 바다를 사랑하고 바다를 즐기는 만큼, 한 달에 한 번이라도 함께 해양쓰레기를 줍자'고 말했다. 세이브제주바다의 시작이었다.

오늘도 쓰줍

세이브
제주바다의
시작

내가 그랬던 것처럼, 환경을 위해 뭔가 하고는 싶은데 무엇을 해야 할지, 어디서 어떻게 시작해야 할지 막막해하는 사람들이 분명 함께해줄 것이라 믿었다. 그리고 그런 사람들에게 가장 효과적으로 닿을 수 있는 채널이 소셜미디어라고 생각했다.

'매년 800만 톤의 플라스틱 쓰레기가 바다로 흘러가고 있다'는 통계만으로는 그 심각성이 잘 드러나지 않는다. 사람들에게 직접적이고 즉각적인 어떤 반응을 이끌어내기엔 부족해 보였다. '사람들로 하여금 뭔가 느끼게 할 수 있었으면 좋겠다. 그래야 반응하지 않을까'라고 생각했다. 굶주림으로 죽어가는 아이들의 숫자를 통계로 나열하는 것보다, 한 아이의 모습을 보여주며 그 이야기를 들려줬을 때 더 많은 사람이 감정을 이입해 후원한다는 사실이 떠올랐다. 이렇게 감정을 느끼게 해야겠다고 생각했다.

그래, 제주바다. 많은 사람이 사랑하는 제주바다. 제주바다 구석구석에 쌓여 있는 해양쓰레기를 보여준다면, 제주에 살거나 방문했던 사람들이 자신이 기억하는 그 깨끗한 바다와는 다른 제주바다의 모습을 보면서 안타까움을 느끼고, 그 바다를 보호하기 위한 캠페인에 참여해줄 가능성이 더 크지 않을까. 고심 끝에 소셜미디어 계정 이름을 세이브'제주'바다로 정했다.

하지만 모든 활동이 '제주'만을 위한 것이 아니라는 점도 명확히 밝혔다. 세계는 하나의 바다로 이어져 있기에 우리 앞바다를 청소하는 것이 전 세계 우리 모두를 위한 길이라는 것을, '하나의 바다, 하나의 세계, 함께하는 우리'라는 슬로건을 걸고 활동을 시작했다.

세이브제주바다
소개

세이브제주바다는 깨끗한 바다를 만들기 위해 매주 바다정화 봉사활동을 하고 있다. 쓰레기를 줍는 것도 중요하지만 줄이는 것이 더 중요하다고 생각하기에 일회용 플라스틱 쓰레기를 줄이자는 캠페인도 함께 진행하고 있다.

해양쓰레기 줍기가 근본적인 해결책이 될 수는 없겠지만, 바다정화 봉사활동을 통해 해양쓰레기 문제의 심각성을 직접 보고 내가 무엇을 할 수 있을까라는 질문을 가슴에 담고 갈 수 있기를 바라고 있다. 또

그 질문이 우리의 비非친환경적인 생활습관, 소비습관을 되돌아보는 계기가 되기를 바라며 세이브제주바다 활동을 이어가고 있다.

'정부와 기업이 변해야 진정한 변화를 만들 수 있다. 개인이 아무리 노력해봤자 만들 수 있는 변화는 미미하다'라는 말을 듣곤 한다. 하지만 환경오염에 대처하고 변화를 만들기 위한 가장 쉽고 가장 빠른 방법은 '나'부터 변하는 것이라고 생각한다. 내가 버리지 않은 쓰레기라도 버려진 쓰레기는 줍고, 내가 만드는 쓰레기를 줄이는 작은 습관의 힘으로 변화를 만드는 주인공이 될 수 있다.

"세이브제주바다와 함께해주세요!"

Let's
save Jeju bada!

2017년 12월 26일 세이브제주바다 인스타그램을 만들고 바로 첫 비치클린 공지를 올렸다. 읍사무소에 문의하여 해양쓰레기를

담을 자루와 장갑을 지원받았다. 첫 비치클린은 2018년 1월 7일 김녕 해안도로에서 진행했다. 열 명 남짓한 친구들이 함께하겠다고 했다가 사정이 생겨 오지 못했고, 친한 후배 한 명만 참여했다. 단 두 명이었지만 2시간이 넘게 허리 한 번 펴지 못하고 해양쓰레기를 주웠다. 엄청나게 많은 양이었다. 많은 친구가 '또 언제 하냐, 함께하고 싶다'고 연락을 해 왔고, 바로 2주 뒤에 두 번째 비치클린을 진행했다.

원래는 한 달에 한 번만 비치클린을 진행하려고 했다. 그런데 점점 더 많은 사람이 참여를 원해 한 달에 두 번 하려던 것이 세 번으로 늘어났고, 나중엔 매주 진행하게 되었다. 코로나 전엔 소셜미디어에 비치클린 공지를 올려놓고 누구나 원하면 사전신청 없이 자유로이 참여할 수 있도록 했다.

다섯 번째 한담 해변 비치클린부터는 지인들을 넘어 소셜미디어를 통해 세이브제주바다 활동을 알게 된 많은 서퍼들, 아이들과 같이 온 부모님들까지 90명에 가까운 사람들이 함께했다.

사람들은 제주바다에 이렇게 쓰레기가 많은 줄 몰랐다며 놀라워했다. 멀리서 보면 깨끗해 보이는 해안가이지만 가까이 가면 돌 사이사이에 숨어 있는 쓰레기들이 엄청났다. 여기저기 숨어 있는 쓰레기 중에는 생수병, 음료수병, 커피컵, 빨대, 풍선 등 생활쓰레기들도 많았다. 그런 쓰레기들을 보며 많은 사람이 텀블러를 가지고 다녀야겠다고 했다. 버려진 쓰레기를 줍다 보니 쓰레기를 줍는 것도 중요하지만 쓰레기 자체를 만들지 않는 게 더 중요하다는 걸 몸소 깨닫게 된 것이다.

당시 한담 산책로는 GD 카페 등 여러 많은 카페들로 각광받고 있었다. 쓰레기를 주우며 해안산책로를 걷는 내내 버려진 커피컵이

해변에 버려진 커피컵들.
비치클린 후 수거를
기다리는 해양쓰레기
위에 누군가 또 커피컵을
버리는 일도 많다.

충격적일 정도로 많았다. 실제로 2018년 7월 25일 뉴스1 기사에는
수고롭게 주운 (차량 수거를 기다리고 있는) 해양쓰레기 위에 버려진
커피컵이 쓰레기 무덤을 이룬 사진이 올라와 화제가 되기도 했다.

커피컵은 제주도 어느 해변을 가든 흔하게 볼 수 있을 정도로 많이
버려졌다. 제주도는 인구 대비 카페가 가장 많다. 사진을 찍느라 잠깐
내려놨다가 그냥 두고 가버린 듯한 커피컵이나 화장실 앞에 놓여 있는
커피컵들을 보면서 일회용 컵과 빨대에 중점을 두고 텀블러 사용 권장
캠페인을 시작하게 되었다. 이렇게 버려지는 쓰레기들이 바다로 흘러
들어갈 수도 있기 때문이다.

'환경을 위한 일이고 모두를 위한 좋은 일이니 세이브제주바다
활동을 알리면 당연히 사람들이 함께해주겠지' 하고 생각했다. 그래서
인스타그램에 세이브제주바다를 알리는 홍보성 글을 스팸처럼 이 사람
저 사람 피드에 남기기도 했다. 그러다가 내가 실수로 두 번 넘게 같은
내용을 댓글에 달아 불쾌감을 느낀 분에게 혼쭐이 난 일도 있었다.
제주바다 해양쓰레기를 줍고 쓰레기를 줄이자는 메시지는 공익을 위한
것이니 당연히(?) 괜찮다는 짧은 생각에서 빚어진 해프닝이었다.

그러는 사이 사람들의 참여를 이끌어내기 위해서는 말이나 글보다 행동으로 보여주는 것이 효과적이라는 것도 깨달았다.

나를 비롯한 운영진 모두 본업이 따로 있기에 주말에만 비치클린을 진행했다. 비치클린이 끝나면 주민센터나 읍사무소로 전화해 해양쓰레기를 쌓아놓은 곳을 알려 해양쓰레기가 수거되도록 했다. 해양쓰레기를 수거하는 분들은 주말에 근무하지 않기 때문에 우리가 주말에 주운 해양쓰레기는 월요일에 수거된다. 이 하루이틀 사이에도 지나가는 사람들이 우리가 주워놓은 해양쓰레기 위에 다른 쓰레기를 투기하고 가는 일이 다반사였기 때문에 방치되지 않고 최대한 빠르게 수거될 수 있게 했다.

2017년 12월부터 2025년 3월 31일까지 총 1만 1,261명의 자원봉사자분들이 참여해주신 덕분에 약 103.8톤의 해양쓰레기를 수거할 수 있었다.

**더 많은 사람이
손쉽게
참여할 수 있도록**

2017년 12월부터 만 2년이 넘게 쉼 없이 달려온 보상으로 2020년 2월 한 달간은 쉬고 3월부터 다시 열심히 활동하기로 했다. 그런데 2020년 2월에 코로나가 터졌고, 이에 단체 비치클린을 잠정적으로 중단하기로 했다. 확진자 동선이 뜨고 신상까지 다 밝혀지던 때라 비치클린을 위해 많은 사람이 모였다가 혹시나 코로나 확진자가 나오면 봉사활동 자체가 부정적으로 비춰질까 걱정이 앞섰기 때문이다.

그런데 해안도로를 따라 산책을 나갈 때마다 내 눈엔 해안가에 밀려온 많은 양의 해양쓰레기만 보였다. 이렇게 쓰레기가 많은데 단체 비치클린을 할 수가 없으니 아무것도 하지 못한다는 무력감에

오늘도 쓰줍

괴로웠다.

그날부터 내 머릿속은 온통 '어떻게 하면 사람들이 코로나 전염으로부터 안전하게 비치클린을 할 수 있을까' 하는 생각으로 가득 찼다. 접촉을 최소화할 수 있는 방법은 없을까? 혼자 또는 소그룹으로 비치클린을 할 수 있도록 도우면 되지 않을까? 해양쓰레기를 줍기 위해서는 쓰레기를 담을 자루와 장갑만 있으면 되는데….

무인 비치클린 센터를 만들면 어떨까? 바닷가 바로 옆에 있는 우리 집 지하에 비치클린 센터를 마련하자. 신청만 하면 원하는 날짜와 시간에 언제든지 와서 원하는 만큼 참여할 수 있도록!

그렇게 세이브제주바다의 노란 조끼와 비치클린에 필요한 자루, 장갑 그리고 집게를 구비하게 됐다. 사람들이 무상으로 사용하고(사람들이 사용하고 난 장비는 우리가 세탁 및 세척해서 다시 쓰면 되었다) 근처 바다에서 쓰레기를 주운 후 지정된 장소에 쓰레기를 놓으면 우리가 읍사무소에 연락해 쓰레기를 수거할 수 있도록 말이다.

장소는 우리 집 지하를 이용하면 되니 사용료가 들지 않았지만(지금은 이곳이 사무실로 쓰여 연 100만 원의 이용료를 내고 있다. 이곳에서 교육 및 전시도 하고 있다) 비치클린 센터를 만드는데 필요한 것들을 사려니 돈이 들 수밖에 없었다. 세이브제주바다 인스타그램에 관련 내용을 공유하고 후원을 받았다. 67분이 250만 원을 후원해주신 덕분에(대원사 스님이 100만 원을 해주셨다) 비치클린 센터를 만들고 2020년 7월 '#나혼자한다_비치클린' 캠페인을 시작할 수 있었다.

운영진의 스케줄에 맞춰 주말에만 진행됐던 단체 비치클린과 달리 신청만 하면 원하는 날짜와 시간에 언제든 참여할 수 있게 되어 참여율이 높았다. 제주 여행을 하면서 의미 있는 일을 하고자 하는

오늘도 쓰줍

분들뿐만 아니라 많은 부모님이 자녀들과 참여해주셨다.

하지만 문제점도 있었다. 단체 비치클린 시에는 몇십 명이 넘는 사람들이 한꺼번에 모여 정화 작업을 하니 전후가 확실히 비교되어 참여 만족도가 높다. 뿐만 아니라 '환경을 걱정하고 무언가 도움이 되고자 하는 사람들이 이렇게나 많구나' 하는 연대감도 느낄 수 있다. 그런데 '나혼자한다_비치클린' 같은 경우에는 개별적으로 참여하기 때문에 쓰레기가 특히 많이 밀려오는 계절에는 자루 한두 개를 채우는 정도로는 정화 작업 전후가 크게 달라지 않을 때가 많고, 그럴 때면 '내가 이렇게 쓰레기 주워 봤자 뭔 소용이 있을까' 하는 무력감이 들 수 있었다. 이분들이 낙심하지 않도록 '혼자가 아니다. 여기 많은 분이 함께해주고 있다'는 것을 알려주는 게시물을 올리기도 했는데 한계가 있는 것 같았다.

그래서 대안으로 2021년 여름 엄청난 해양쓰레기가 밀려와 사계 바다를 뒤덮었을 때 오전 10시부터 오후 5시까지 30분마다 4인 이하 한 팀씩 신청을 받아 비치클린을 함께했다. 하지만 신청자가 오는지 자루가 부족하진 않은지 아침부터 오후까지 사계 바다에 있으면서 확인을 해야 해서 역시나 무리가 있었다.

그즈음 위드코로나 이야기가 나오기 시작했다. 우리가 하는 활동이 야외활동이니 마스크를 잘 쓰고 활동하면 괜찮겠다는 결론을 내리고, 2021년 10월 단체 비치클린을 다시 시작했다. 대신 코로나 전처럼 누구든지 공지된 장소와 시간에 맞춰 오기만 하면 참여할 수 있는 시스템이 아닌 참여자가 누군지 확인 가능하도록 신청을 해야 참여할 수 있는 시스템을 만들었다.

제주바다의 아름다움을 소비 하는 자 vs 지키는 자

제주는 해류의 방향이 계절에 따라 바뀐다. 여름에는 해류가 제주도 기준 남쪽에서 북쪽으로 흘러 남쪽에 위치한 중문, 사계 바다나 표선으로 어마어마한 해양쓰레기가 밀려온다. 겨울에는 해류가 북쪽에서 남쪽으로 흘러 제주 북쪽 해안에 많은 쓰레기가 떠밀려 온다. 특히 빠르면 2월부터 괭생이모자반이 제주 북쪽 해안으로 바다에 떠다니는 해양쓰레기를 몰고 와 쓰레기 수거 및 처리를 더욱 어렵게 만들기도 한다.

예전에 서핑만 할 때는 제주도 남쪽인 중문에 파도가 들어오기 시작하면 '여름이 오는구나' 싶었고 제주도 북쪽인 월정이나 이호로 파도가 들어오기 시작하면 '겨울이 오는구나' 싶었다. 하지만 쓰레기를 줍기 시작하니 계절의 변화도 쓰레기로 느끼고 있다.

가끔 '예전 제주'는 어땠냐는 질문을 받곤 한다.

엄마 아빠가 젊었을 땐 한라산에 등반로가 따로 없어 길을 찾아 다녀야 했고, 백록담에는 물이 가득 차 있어 수영을 하기도 했다고 한다. 바다는 깨끗하고 푸르러 지금처럼 거멍한(까만) 현무암이 잘 보이지 않을 정도였다고 한다. 미역, 톳, 모자반 등 해초가 많이 자랐고 김도 조금 났다고 했다. 타임머신을 탈 수 있다면 엄마 아빠의 연애 시절로 돌아가 함께 한라산도 오르고 바다 수영도 하면서 놀면 얼마나 좋을까라는 상상을 한다.

내가 어릴 적에는 썰물 때 바닷물이 남아 있는 현무암 구멍 안을 구경하며 놀았던 기억이 있다. 그 안에 말미잘도 살았고 썰물로 빠져나가지 못한 아주 작은 물고기도 헤엄쳐 다녔다. 게들이 현무암 구멍을 왔다 갔다 하기도 했다. 물도새기(군소)도 만져보고 토실토실한 보말을 따보기도 하고 톳과 미역을 만지면서 놀기도 했다. 마치 하나의

오늘도 쓰줍

(위) 여름에 몰려온 쓰레기
(아래 왼쪽) 겨울에 몰려온
쓰레기
(아래 오른쪽) 괭생이모자반

작은 세계가 눈앞에 펼쳐진 것 같아 시간 가는 줄 모르고 몇 시간씩
재미있게 놀았던 기억이 있다.

　　그런데 이제 바닷물이 빠져나간 뒤 현무암 구멍에는 스티로폼
알갱이들과 각종 쓰레기들 그리고 낚시꾼이 버리고 간 떡밥과
담배꽁초들이 남아 있다.
　　지금의 제주는 해양쓰레기를 피해 바다 배경으로 사진을 찍는
게 힘들 정도이다. 세이브제주바다를 시작한 2017년과 만 7년이
조금 넘은 지금을 비교하면 해양쓰레기 양이 크게 늘었다. 한 자료에
따르면 2014년에 제주 해안에 유입된 해양쓰레기는 5,600톤이었고
2020년에는 1만 6,702톤에 달했다고 한다.

　　내가 조개를 캐던 김녕항에 가면 제주바다가 많이 변했다는 것을
체감한다. 어릴 때부터 매년 조개를 잡아왔는데 내가 스무 살 때쯤
파래 밑에서 악취가 나는 미끄덩한 검은색 흙과 모래를 발견했고, 그
오염 범위가 해가 지날수록 커지는 것을 목격하고 있다. 2021년부터는
그 정도가 너무 심해 여기서 캔 조개는 더 이상 먹고 싶지 않았다. 제주
파래의 이상 번식 원인으로는 만 형태의 지형에 영양염류 역할을 하는
용천수와 양식장 배출수의 유입, 수온 상승, 방파제로 인한 원활하지
않은 해수 유통 등이 지목되고 있다.
　　파래의 이상 번식과 동시에 바다의 사막화도 일어나고 있다. 엄마는
매년 같은 바다바위에서 돌미역을 캐시는데 2024년부터는 그 돌에서
미역이 나지 않는다고 하실 정도다. 제주도 전 지역에서 사용하는
모든 비료 및 농약들이 빗물에 씻겨 바다로 흘러 들어가고 있을 테니
해조류가 사라지는 것도 전혀 이상한 일이 아니다.

1부 바다에 쓰레기가 이렇게 많았다고?

당신은 제주바다를 어디에서 바라보고 있는가?

드라이브를 하거나 카페에 앉아 제주바다의 아름다움을 즐기는 사람들이 많다. 해안도로를 따라 드라이브하거나 걸을 때 고개를 삐죽 내밀고 바다와 만나는 도로 가장자리를 보지 않으면 쓰레기는 잘 보이지 않는다. 도로는 대부분 돌을 쌓아 만들어졌는데 그 돌 사이사이에 파도가 수십 년 동안 내뱉은 쓰레기들이 쌓여 있다는 걸 아는 사람은 드물다. 사람들이 잘 가지 않는 해안가에 많은 해양쓰레기가 쌓여 있지만 그걸 보는 사람은 극소수이다. 고개를 내밀고, 돌 사이사이를 들여다보고, 사람들이 가지 않는 해안을 돌아보는 사람들은 해양쓰레기 문제에 진심인 사람들뿐이다. '관심'이라는 보이지 않는 벽을 사이에 두고 다른 두 세계가 존재하는 것 같기도 하다.

그 벽 너머의 사람들이 시선을 돌려 불편한 진실과 마주할 수 있도록, 해양쓰레기 문제를 해결하기 위해 할 수 있는 일은 무엇일까.

2부

해양쓰레기의 민낯

어업폐기물과 상상 초월 생활쓰레기

어업폐기물

어업폐기물에는 폐그물, 스티로폼 부표, 플라스틱 부표, 밧줄 등이 있고 그 양은 매년 늘어나고 있다.

폐그물은 모래에 파묻혀 있을 때가 많은데, 물기를 머금은 채 모래를 잔뜩 묻히고 있어 그 무게가 상당하다. 때문에 수거가 어렵고, 사람 손으로 수거하기 어려울 때는 중장비를 동원하기도 한다. 또 현무암이 있는 해안가로 밀려온 그물은 거칠고 뾰족한 돌에 걸려 있는 경우가

많아 큰 것들은 일일이 사람 손으로 여러 조각을 내 수거해야 해서 시간도 많이 걸린다. 폐그물은 고스트넷ghost nets이라 불리기도 한다. 실제로 많은 해양동물이 이 폐그물 때문에 다치거나 죽고 있다. 돌고래나 거북이는 그물에 걸려 빠져나올 수 없게 되는 경우 익사한다. 다른 물살이 동물들은 그물에 걸린 채 굶주려 죽는다. 이렇게 그물에 걸려 죽어 있는 물고기나 바닷게, 바닷새를 발견하기도 했다. 거북이 시체와 뼈만 남은 모습을 발견한 적도 있다. 제주도에 거북이가 산다는 건 알고 있었지만 실제로 살아 있는 모습을 만난 게 아니라 시체를 보게 되어 마음이 아팠다.

어업폐기물 중 수거가 가장 힘든 건 스티로폼 부표다. 스티로폼 부표는 바위에 부딪히면서 알알이 부서져 모래밭 위를 뒤덮는데 바람이 불면 눈발처럼 휘날린다. 이렇게 해변에 쌓인 스티로폼 알갱이는 모래와 섞여 있어 그냥 무작정 쓸어 담을

수도 없어 사실상 수거가 불가능한 경우가 많다. 테트라포드 방파제 사이사이에도 눈처럼 수북이 쌓여 있는데 접근이 어려워 수거가 쉽지 않다. 많은 사람이 모래나 하얀 돌로 여기는 이 스티로폼 알갱이는 주로 김이나 굴 등의 양식장에서 쓰이는 스티로폼 부표에서 기인한다.

과산화수소라고 적힌 염산통도 양식장이 만들어내는 어업폐기물 중 하나다. 겨울이 되면 해류로 인해 제주 북쪽으로 많이 밀려온다. 원래 전통적인 김양식은 조수간만의 차를 이용하여 간조일 때 햇빛에 소독이 되고 만조일 땐 물에 잠겨 물 안에 있는 영양분을 흡수하며 자라기 때문에, 이런 스티로폼 부표나 염산이 필요하지 않았다. 하지만 대량생산을 위해 24시간 물에 잠긴 채 양식되는 김은 스티로폼 부표가 필요하고 병충해와 파래가 끼는 것을 방지하기 위해 염산을 뿌린다고 한다. 다행인 것은 정부가 2023년 11월부터 쉽게 부서지는 스티로폼 부표의 신규 설치를 금지했고 친환경 부표 보급사업을 통해 스티로폼 부표 사용을 차차 줄여나가겠다고 발표했다는 것이다.

제주를 오가며 남해를 지나갈 때 한번 비행기 창밖을 바라보자. 네모난 모양의 무수히 많은 양식장이 떠 있는 것을 볼 수 있다. 이런 양식장들이 만들어내는 어업폐기물은 스티로폼 부표만이 아니다.

그중 하나가 어업 전반에 걸쳐 많이 쓰이는 플라스틱 부표다. 그 쓰임새가 다양한 만큼 크기도 모양도 색깔도 다양하다. 특히 겨울에 제주 북쪽 해안가로 많은 플라스틱 부표가 밀려오는데 축구공 크기 혹은 그보다 큰 구 형태의 플라스틱 부표가 가장 흔하다. 안에 물이 차서 무거운 부표들은 뾰족한 돌에 세게 던져 플라스틱을 깨 물을 뺀 뒤

수거하기도 한다.

　한번은 고산 수월봉 해변에서 축구공만 한 검은색 플라스틱 부표를 355개나 수거한 적이 있다. 이 부표들은 중국산으로, 깨서 그 단면을 살펴보니 입자들이 알록달록했다. 이미 여러 번 재활용을 한 플라스틱으로 만들어져 있다는 걸 알 수 있었다. 이런 부표는 재활용하기엔 질이 너무 나쁘다. 한국산 부표는 재활용은 가능하나 재질 표시가 제대로 되어 있지 않은 게 많아 재활용이 용이하지 않다.

　해양쓰레기를 줍기 시작할 때부터 지금까지 가장 많이 주운 어업폐기물은 장어통발이 아닐까. 한번은 완전한 형태의 장어통발을 주운 적 있다. 일자 통에 한쪽은 막혀 있고 다른 한쪽은 원뿔 모양의 유도구가 있는데 잠금장치에 의해 붙어 있는 형태였다. 딱 봐도 물고기가 한번 들어가면 절대 빠져나오지 못하는 구조였다. 그때 한국에서 쓰이다 버려진 장어통발이 해류를 따라 태평양을 건너 하와이에서 물범을 다치게 하고 있다는 소식을 처음 접했던 것으로 기억한다. 하와이에서는 이 통발을 가지고 놀다가 유도구에 주둥이가 끼어서 다치거나 아사 직전이 된 물범들이 발견되고 있다.

장어통발은 한국뿐만 아니라 중국과 일본에서도 사용되고 있으며 태평양 쓰레기섬에서 가장 많이 발견되는 어업폐기물이다. 이런 사실을 알리기 위해서 태평양 쓰레기섬의 쓰레기를 치우고 그것을 재활용하는 '오션클린업'이 장어통발만 골라서 큰 선체 바닥에 깔아놓고 드론 영상을 찍기도 했는데 그 양이 실로 어마무시하다.

2023년 1월부터는 이상한 것이 발견되기 시작했다. 그것도 아주 많이. 나중에 알고 보니 굴페이서였다. 처음에는 빨대인 줄 알았는데, 빨대라고 하기엔 너무 짧았다. 한번 쓰레기를 주울 때마다 몇백 개씩 나오기도 했다. 한 군데에서만 발견되는 게 아니라 제주 북쪽 해안 전역에 걸쳐 많은 양이 발견됐다. 그 양으로 보아 어업폐기물이 분명한데 대체 이게 뭘까. 어디에서 어떻게 쓰이는 걸까. 궁금하던 차에 다른 해양쓰레기 수거 단체인 디프다제주 참여자 중 한 분이 굴양식장에서 사용하는 것 같다고 말씀하셨다. 1년이 지나 하와이에서도 비슷한 쓰레기가 대량으로 발견되기 시작했는데, 그곳 환경단체가 굴양식장에서 쓰이는 것이라고 발표했다.

끊어진 낚싯줄도 해양동물의 생명을 위협하고 있다. 제주도의 환경단체들은 활동 중 낚싯줄에 걸려 고통받는 바닷새나 해양동물들을 발견하곤 한다. 다 그런 건 아니겠지만 장시간 낚시를 하면서 먹고 마신 쓰레기나 담배꽁초통을 그대로 버리고 가는 사람들도 있다.

왼쪽은 스티로폼 알갱이로 뒤덮인 함덕 용천수의 모습

오른쪽은 해변에서 한참 떨어진, 김녕 해안가 현무암에 걸려 있는 폐그물의 모습

오늘도 쓰줍

굴 양식장에서 사용되는 굴 페이서

오늘도 쓰줍

물고기가 한번 들어가면 나오기 어려운 장어통발

오늘도 쓰줍

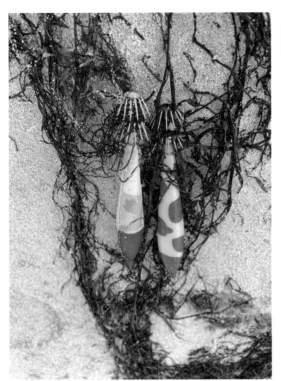

왼쪽은 플라스틱 부표에 바다생물이 붙어서 자란 모습
오른쪽은 낚싯바늘과 낚싯줄에 엉켜 있는 바닷새의 사체

생활쓰레기

해양쓰레기에는 어업폐기물만 있는 것이 아니다. 일반 생활쓰레기도 많다. 사람들이 함부로 길가에 버린 쓰레기들이 거센 바람과 많은 양의 비로 인해 바다에 유입되고 있다. 뿐만 아니라 잘 버린 쓰레기도 바다로 유입될 수 있다. 실제로 바닷가 근처에 설치되어 있는 클린하우스(제주도에서 일반 쓰레기 및 재활용 쓰레기 분리배출이 가능한 야외 시설)에 제대로 버려진 쓰레기가 거센 바람에 날아가 바다로 흘러가는 것을 목격한 적이 여러 번 있다.

어선에서도 일반 생활쓰레기가 버려지고 있다. 제주도 한림항에만 가봐도 배에서 버려지는 생활쓰레기들을 쉽게 볼 수 있다. 가장 많이 버려지는 생활쓰레기는 단연 페트병과 같은 플라스틱 쓰레기이다.

한번 구글에서 'Plastic Kills'라고 검색해보자. 어업폐기물뿐만 아니라 바다로 흘러간 생활쓰레기로 고통받는 동물들의 사진을 쉽게 찾아볼 수 있다. 목과 주둥이가 페트병 뚜껑 고리에 걸린 새의 모습, 어미새가 아기새에서 담배꽁초를 먹이로 착각해 주는 모습, 코에 빨대가 끼어서 고통받는 거북이, 온몸이 비닐로 뒤덮인 바닷새, 위장이 플라스틱 쓰레기로 가득 찬 채 죽은 새의 부검 사진까지…. 모두 외국작가들이 찍은 사진이다.

그런데 이게 외국에서만 일어나는 일일까? 아니다.

2018년 한국 연안 바다거북의 개체 수 회복을 위해 중문 색달 해변에서 13마리의 바다거북을 자연방류한 적이 있다. 11일 후 그중 한 마리가 부산 기장 해안에서 사체로 발견되었다. 부검 결과 원인을 한 가지로 특정할 수는 없었지만 확실한 건 먹이보다 더 많은 양의 플라스틱 쓰레기를 먹었다고 결론이 났다. 2024년에는 삼킨 낚싯줄이 항문으로 나와 있던 거북이가 구조되었는데 안타깝게도 결국 죽었다고 한다.

해양쓰레기가 증가됨에 따라 이로 인해 목숨을 위협받는 동물들이 증가하고 있음을 보여주는 것이다. 해양쓰레기를 수거하면서 바닷새나 거북이의 사체를 발견하는 것은 흔하지 않은 일이었는데 이제는 너무나도 흔한 일이 되어버렸다.

거북이를 비롯한 많은 해양동물이 왜 플라스틱을 먹이로 착각해 먹을까? 이에 대한 여러 가설이 있지만, 가장 지배적인 것은 바로 쓰레기가 해양동물의 먹이와 비슷하게 생겼다는 것이다. 예컨대 바다거북의 주식은 해파리인데 비닐봉지나 풍선이 바다에 둥둥 떠다닐 때 해파리와 비슷해 보인다. 우리 인간은 구별할 수 있지만 해양동물은 그렇지 않다.

일회용 플라스틱 병과 뚜껑

2023년 여름, 송악산 뒷쪽 해변에서 페트병 1,852개를 주운 적이 있다. 이날 수거한 페트병에는 중국어 1,584개, 한국어 80개를 비롯 일본어, 태국어, 말레이-인도네시아어, 이란어 등 다양한 언어가 적혀 있었다.

페트병 뚜껑만 따로 발견되는 일도 많다. 바다의 간만조는 대개 매 6시간마다 일어나는데 물이 들 때 쓰레기가 밀려오고 물이 빠질 때 밀려온 쓰레기가 그대로 해변에 남아 띠를 이룬다. 해변에 가면 그날 물이 들었을 때 어디까지 찼는지 알 수 있을 정도다. 보통 우리는 간조일 때(물이 빠졌을 때) 쓰레기를 줍는데 이때 병두껑이 많이 보인다. 병뚜껑은 HDPE라는 플라스틱 종류로 만들어져 있어 물에 뜨기 때문이다. 페트는 물에 가라앉는다(HDPE는 물에 뜨지만 PET는 물에 가라앉는다). 뚜껑만 발견된다면 그 뚜껑을 잃어버린 본체인 페트병은 바다에 가라앉아 있을 가능성이 높다. 이처럼 해안가에 많은 쓰레기가

밀려오지만 사실 그보다 더 많은 양의 쓰레기가 수중에 가라앉아
있다고 보면 된다.

커피컵과
빨대

플라스틱 컵, 플라스틱 뚜껑, 플라스틱 빨대, 종이컵, 컵홀더처럼 음료를
테이크아웃할 때 쓰는 일회용품도 바다에서 많이 발견된다.

전국에서 의무 시행하기로 한 일회용 컵 반환 보증금제가 보류되면서
보증금제에 참여하는 매장의 수가 적어지고 있고, 제주 도민 및
관광객들의 참여도 줄고 있는 게 현실이다.

내가 사는 동네에는 아주 유명한 커피숍이 하나 있다. 인기가 많다
보니 해안가에 있는 자전거 도로까지 주차된 차량들로 늘 만원이다.
그러다 차들이 빠져나가면 방금 버려진 것 같은 커피컵이 보인다.
얼마나 많이 버려지는지 궁금해서 하루는 커피컵만 주워보았다. 그런데
해당 카페 이름이 적힌 커피컵보다 다른 카페 이름이 적힌 커피컵이 더
많이 버려져 있었다. 왜 그럴까? 곰곰이 생각해보니 보통 카페 투어를
하면 하루에 두 군데 이상을 가게 되는데 차에는 컵홀더가 두 개뿐이니
두 명이 같이 다니는 경우 먼저 들고 있던 컵을 여기에 버린 것이라
추측해본다.

많은 사람이 종이 커피컵은 그래도 종이니까 괜찮지 않냐고
물어본다. 하지만 종이컵 안쪽은 플라스틱으로 코팅이 되어 있다.
이렇게 종이와 플라스틱이 쓰인 혼합물이기 때문에 재활용이 어렵다.

담배꽁초

해안도로에 가장 많이 버려지는 쓰레기 중 하나는 담배꽁초다.
담배꽁초의 짝꿍 라이터도 많이 발견된다. 해안도로를 달리면서,

바다 감상을 위해 잠깐 주차했다가, 해안도로에 있는 식당이나 카페 등을 방문한 후에 담배를 피고 꽁초를 바닥에 버리는 모습을 쉽게 볼 수 있다. 차를 세우기 좋고 경치가 좋은 해안도로에서 담배꽁초를 주워보면 1.5리터 생수병을 가득 채우는 건 일도 아니다.

해안도로뿐만 아니라 해변, 포구 등 바다를 즐기거나 낚시를 하는 사람들이 자주 찾는 곳에서도 담배꽁초가 많이 발견된다.

각종 비닐류　　쉽게 말해서 바다에서는 이 세상에서 쓰이는 모든 종류의 비닐이 다 발견된다고 보면 된다. 마트가 따로 없다.

일회용 플라스틱이 싸고 편리하기 때문에 생겨난 '한번 쓰고 버리는 문화'는 바다에서 발견되는 쓰레기에 고스란히 드러난다. 바다에서 발견되는 쓰레기는 우리의 삶을 그대로 투영하는 것 같다.

오늘도 쓰줍

오늘도 쓰줍

오늘도 쓰줍

종이 부분은 다 없어지고 안쪽 플라스틱 필름만 남은 종이컵의 모습

오늘도 쓰줍

오늘도 쓰줍

오늘도 쓰줍

오늘도 쓰줍

오늘도 쓰줍

위 사진의 왼쪽은 마른 해초이고 오른쪽은 라텍스 장갑이다. 우리 인간이 봐도
아주 자세히 들여다보지 않는 이상 구별이 힘든데 해양동물들은 오죽할까!

거북이 사체. 거북이나 상괭이처럼 보호종의 사체를 발견하면 해양경찰에
신고하면 된다.

오늘도 쓰줍

이런
것까지
버려지다니

'이런 것까지 버려지다니!' 싶은 것들은 세이브제주바다 인스타그램에 사진으로 남겨두었다. 우리가 집에서 사용하는 물건들, 마트에서 볼 수 있는 제품들이 다 바다에서도 발견된다고 생각하면 될 정도로 그 종류가 다양하다. '#제주바다에는어떤쓰레기가버려져있을까' 해시태그로 올려놓은 해양쓰레기 사진 중 베스트를 꼽아보았다.

마스크와
방역용품

버려지는 쓰레기에는 우리의 생활이 반영된다. 코로나 이후에는 마스크와 물티슈(물티슈는 플라스틱으로 만들어진다) 쓰레기가 눈에 띄게 늘었다. 2020년 여름 해수욕객이 늘어나자 해변에 마스크가 많이 버려졌다. 당시 해수욕장에 갈 때는 무조건 마스크를 써야 했는데 물놀이할 때나 음료를 마실 때 혹은 음식을 먹을 때 잠시 벗으려다 마스크가 바람에 날아가서 분실되기도 하기에 버려진 마스크가 정말 많았다. 그래서 마스크만 따로 모아 사진을 찍고 인스타그램에 올렸는데 여기저기서 인터뷰가 쇄도했다. 질문은 단 한 가지. "쓰레기 주우러 한번 나가면 마스크를 몇 장 주울 수 있나요? 몇 시간 동안 몇 장 주울 수 있죠?"

안타깝게도 관심은 거기까지였다. 코로나 이후 해변에서 마스크가 급격히 많이 발견된다는 사실에서 한 발 더 나아가 '이 많은 양의 마스크가 이렇게 단기간에 바다로 유입된다면, 지난 수십 년간 대체 얼마나 많은 일회용 쓰레기가 바다로 유입됐을지' 궁금해하는 기자들은 없었다.

이후에는 방역복이나 코로나 검사 키트도 발견되곤 했다.

오늘도 쓰줍

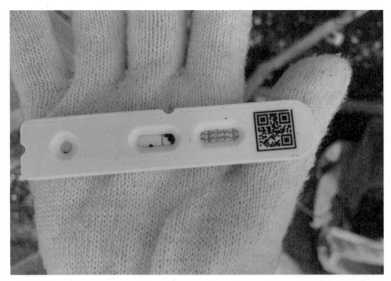

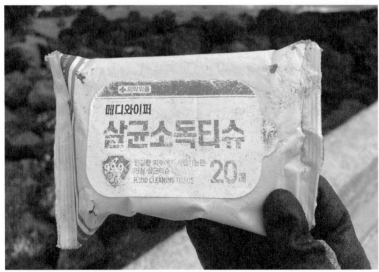

오늘도 쓰줍

오늘도 쓰줍

오늘도 쓰줍

오늘도 쓰줍

오늘도 쓰줍

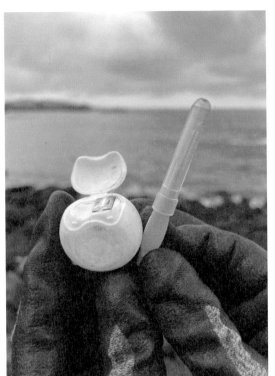

오늘도 쓰줍

오늘도 쓰줍

주방용품 및

음식물

오늘도 쓰줍

칼도 자주 발견되는 쓰레기 중 하나다. 뾰족한 칼이나 낚싯바늘같이 위험한
물건은 반드시 다른 쓰레기로 여러 겹 감싼 다음 잘 묶어서 안전하게 버려야
한다.

오늘도 쓰줍

오늘도 쓰줍

오늘도 쓰줍

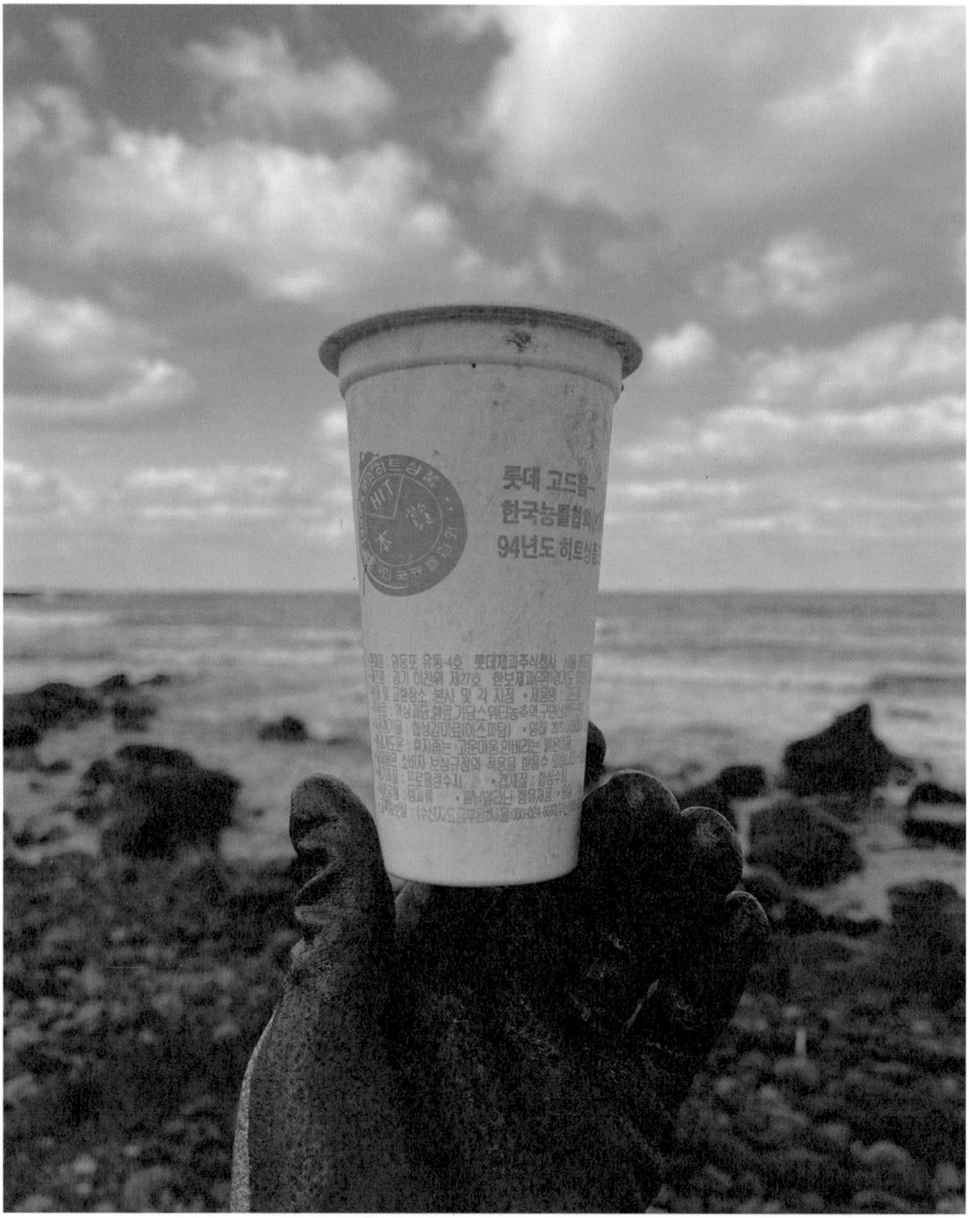
HIT
롯데 고드름-
한국능률협회
94년도

오늘도 쓰줍

오늘도 쓰줍

오늘도 쓰줍

오늘도 쓰줍

2022년 제주 코난 비치에서 수영하던 도중 튜브가 떠다니길래 주우러 갔는데
튜브가 아니라 썩고 있는 소고기였다! 음식물이 그대로 든 채 버려지는 쓰레기도
많은데 가장 흔한 건 두부, 김치, 고추장, 된장, 김 등이다.

2부 해양쓰레기의 민낯

오늘도 쓰줍

**각종
피서용품**

7~8월 해수욕장이 개장되고 많은 사람이 바다를 찾는 시기가 되면
해변에는 진짜 별별 쓰레기가 다 버려진다. 쉽게 말해서 '물놀이 가자,
필요한 거 챙겨!'라고 했을 때 생각나는 모든 것들이 발견된다고 보면
된다. 수경, 스노쿨링장비, 수건, 수영복, 속옷 등 리스트는 끝이 없다.
공도 축구공, 농구공, 야구공, 골프공, 테니스공, 배드민턴 콕까지 웬만한
건 다 주워봤다. 특히 저녁 6시가 넘어 해변에 가면 딱 봐도 새것인
듯한 모래놀이 장난감들을 쉽게 볼 수 있다. 그날 사서 가지고 놀다가
깜빡하고 그냥 가는 것이다. 비싼 명품 백이라면 다시 찾으러 오겠지만
이런 물건들은 너무 싸서 깜박 잊은 채로 버려두기가 쉽다.
3,000원짜리를 굳이 번거롭게 찾으러 올 리는 없다.

쓰레기를 줍다 보면 일부러 버렸다고 하기엔 좀 그렇고 잃어버린
것 같은 물건들이 좀 있다. 선글라스나 안경, 우산, 수건 등이 그런
것들이다.
풍선도 있다. 놓친 풍선은 하늘로 올라가고 시간이 흐르면
자연스럽게 하강하는데 대부분 바다로 떨어져서 해양동물들, 특히
거북이가 풍선을 먹이로 착각해 먹기도 한다. 실제로 풍선끈이
항문으로 나온 거북이를 구출한 영상도 인스타그램에서 볼 수 있다.

의도했든 실수였든 내가 만들어낸 쓰레기를 누군가가 대신 주워주고
나도 누군가가 만들어낸 쓰레기를 주워준다면 제주바다가 그리고
지구가 얼마나 깨끗해질까.

오늘도 쓰줍

오늘도 쓰줍

오늘도 쓰줍

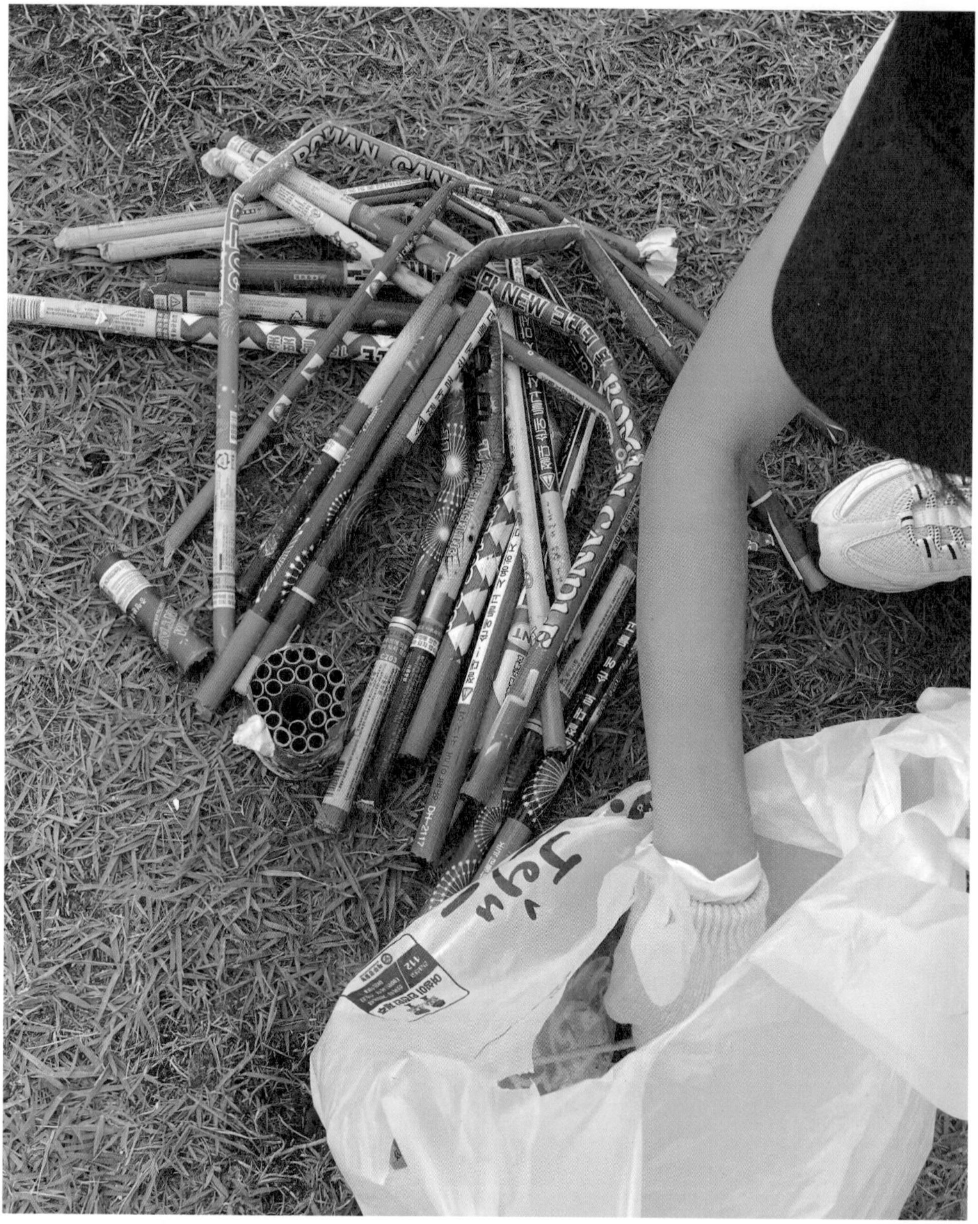

오늘도 쓰줍

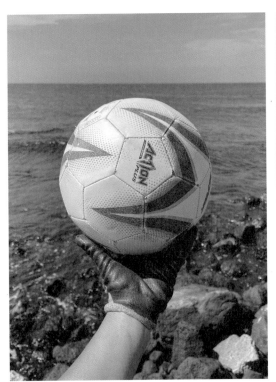

오늘도 쓰줍

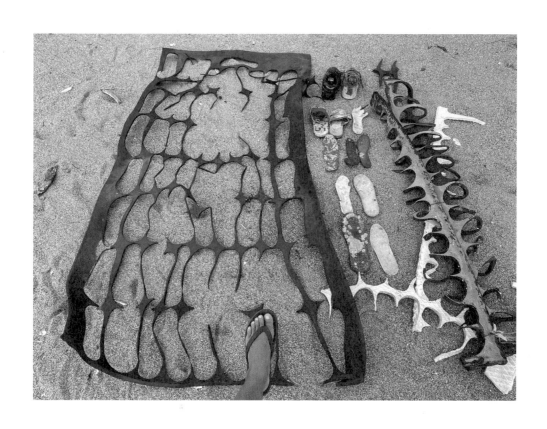

신발 밑창을 만들고 난 자투리 고무. 제주뿐만 아니라 서해에서도 많이 발견된다.

오늘도 쓰줍

각종 의약품
의약품도 많이 발견된다. 비타민, 주사기와 앰플은 흔하게 발견되는 해양쓰레기 중 하나다. 비아그라, 틀니 세척제도 발견된다.

잘못 버리면 독이 되는 게 바로 약이다. 제대로 버리지 않으면 공기, 토양, 수질 등에 오염을 일으키고 생태계 교란의 원인이 될 수 있다. 반드시 폐의약품 전용수거함에 버려야 한다. 약국에서도 받아준다.

오늘도 쓰줍

　　　　　　오늘도 쓰줍

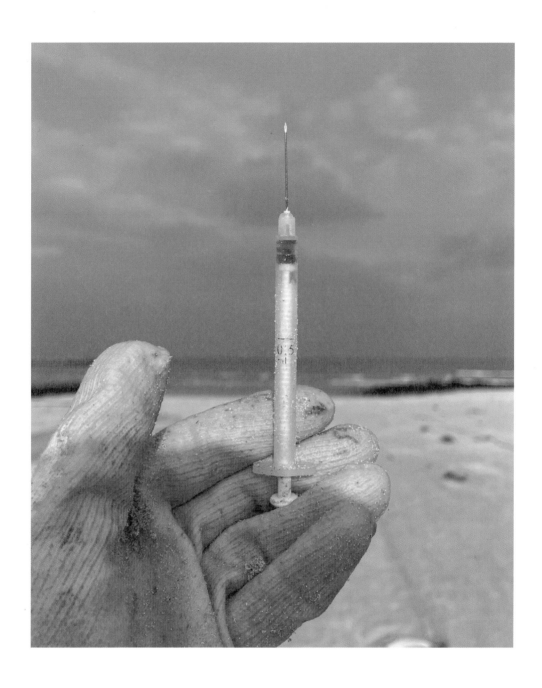

오늘도 쓰줍

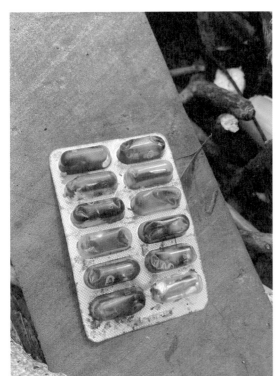 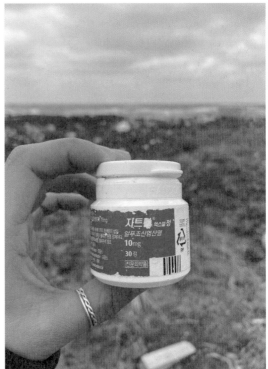

오늘도 쓰줍

**웨딩촬영용
소품**

제주로 웨딩촬영을 오는 사람들이 많다. 문제는 그들이 다녀간 곳에서 조화, 헤어제품, 화장품, 면봉, 심지어 구두까지 발견된다는 것이다.

일부러 버리고 간 게 아니라 깜빡하고 두고 갔을 것이다. 하지만 이렇게 의도하지 않았어도 우리 자신도 모르게, 바다에 쓰레기를 만들고 있다는 점은 기억했으면 한다.

　　　　오늘도 쓰줍

오늘도 쓰줍

오늘도 쓰줍

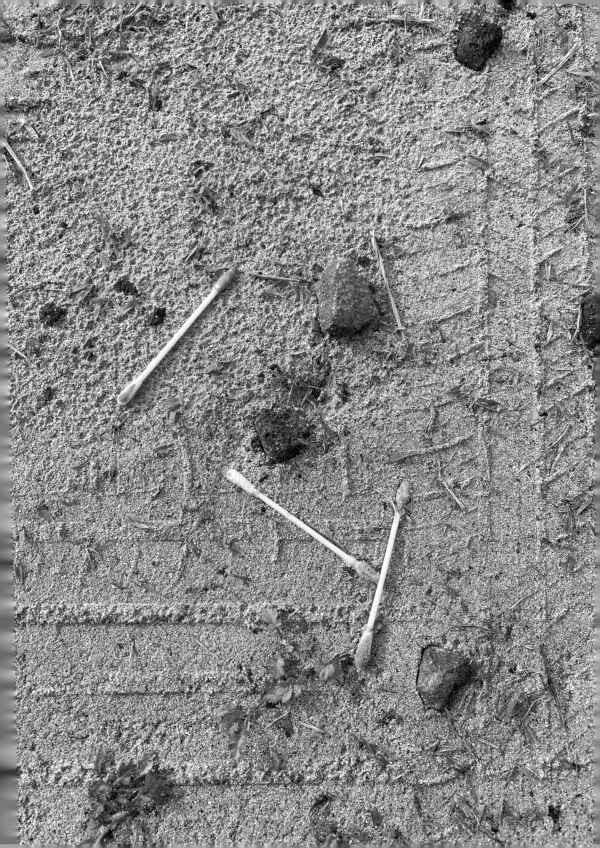

각종 세간

오늘도 쓰줍

오늘도 쓰줍

오늘도 쓰줍

폐형광등도 많이 발견된다. 형광등에는 유해물질인 수은이 포함되어 있어 인체에 노출되지 않도록 깨지지 않게 배출해야 한다. 형광등은 전용수거함에 버리면 된다.

오늘도 쓰줍

오늘도 쓰줍

폐건전지는 망간, 수은, 카드뮴 등 유해물질 중금속을 포함하고 있다. 인체에 나쁜 영향을 줄 뿐만 아니라 환경오염을 일으키기 때문에 반드시 전용 수거함에 버려야 한다.

오늘도 쓰줍

그 밖의

기상천외한

쓰레기들

오줌통. 생각보다 빈번하게 발견된다. 어선에서 버려진다고 추측하고 있지만
확실하지 않다.

빈 가스통. 보통은 폭발 위험이 있어 주의해야 한다. 다만 가스를 다 쓰고 비어 있는 가스통을 버리기 때문에 대부분 그대로 수거하고 있다.

오늘도 쓰줍

오늘도 쓰줍

오늘도 쓰줍

어업일을 하시는 분들이 입는 고무옷. 청바지, 잠바 같은 일반 옷들도 많이
발견된다.

　　　　　오늘도 쓰줍

엄청나게 많은 농약통이 제주도 해안 곳곳에서 발견된다. 농약을 쓰면 지하수를 오염시키고 그 성분들이 또 바다로 흘러가 해조류를 죽이는 등 바다 사막화를 가속화한다.

오늘도 쓰줍

제주도는 쓰레기 요일배출제를 실시하고 있다. 쓰레기는 동네 곳곳에 설치된
'클린하우스' 또는 동네에 하나씩 있는 '재활용도움센터'에 버리면 된다. 하지만
제주를 찾는 많은 사람에게 제주도 쓰레기 배출 시스템에 대한 정보가 충분하지
않기 때문에, 종량제 봉투는 샀어도 어디에 배출할지 몰라 불법 투기로 이어지는
경우가 많은 것 같다. 쓰레기를 제대로 버릴 수 있도록 정보 제공에 힘써야 한다.

오늘도 쓰줍

하나둘씩 쌓이는 쓰레기. 버려진 쓰레기는 또 다른 쓰레기 투기를 부른다.

국경을 넘어온 쓰레기들

외국발 쓰레기도 제주바다에서 많이 발견된다. 양으로만 본다면 단연코 중국이 가장 많다.

영어, 중국어/대만어, 베트남어, 태국어, 일본어, 스리랑카어, 독일어, 그리스어, 카자흐스탄어, 폴란드어, 프랑스어, 이탈리아어, 포르투갈어, 아랍어 등 다양한 언어가 쓰여 있는 쓰레기들이 제주도에서 발견된다. 북한에서 넘어온 치약부터 중국 쥐약, 말레이시아에서 온 손소독제, 일본에서 온 맥주캔까지 그 종류도 다양하다. 해양쓰레기에는 국경이 없다는 말이다.

오늘도 쓰줍

오늘도 쓰줍

오늘도 쓰줍

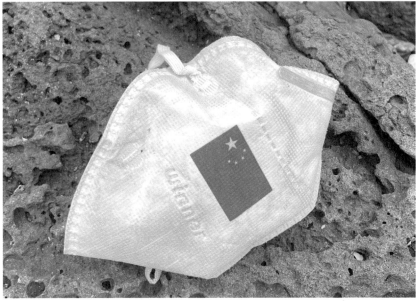

오늘도 쓰줍

오늘도 쓰줍

해외에서 발견된
우리나라 쓰레기의 모습.
해양쓰레기에는 국경이
없고 한 나라만의 문제가
아니라 우리 모두의
문제라는 것을 알 수
있다.

우리나라 쓰레기도 외국에서 많이 발견된다. 특히 해류 방향으로 인해 쓰레기가 일본으로 많이 흘러간다고 한다. 대마도에서 발견된 한국발 해양쓰레기로 설치미술을 제작하는 양쿠라 작가는 이 쓰레기들이 괴물이 되어 한국으로 돌아온다는 상상을 바탕으로 괴물 형상을 한 사자탈 가면과 의상을 만들었다. 실제로 이것을 쓰고 대마도에서 부산, 밀양, 청주, 수원 등을 거쳐 자신의 고향인 서울로 올라오는 괴물 퍼포먼스를 벌이며 이를 영상으로 기록하기도 했다.

그런가 하면 나는 인스타그램을 보다가 한국 페트병과 살충제 쓰레기가 포르투갈에 있는 페니체 해변에서 발견된 것을 보고 적잖게 충격을 받은 적도 있다. 아마도 우리나라 또는 우리나라를 경유해서 그쪽으로 간 어선에서 버려지지 않았을까 추측해본다.

또 한번은 홍콩에서 우리와 같은 활동을 하는 단체로부터 DM을 받은 적이 있다. 한국어가 적힌 코카콜라 페트병을 주웠는데 몇 년도에 생산된 건지 아냐고 물으며 사진을 보내왔다.(위 사진 출처: 인스타그램 @imsheeppoo) 나는 세이브제주바다 인스타그램에 이 사진을 공유했고 팔로워 중 한 분이 사진에 나와 있는 뚜껑 모양을 제조한 게 1997년도가 마지막일 거라고 말씀해주셨다. 이 단체는 이후에도 홍콩 해변에서 발견한 해양쓰레기 중 한국어가 쓰여 있는 쓰레기 사진을 공유해주었다.

해양쓰레기를 누가 책임져야 하는지를 두고 지역 간, 나라 간의 갈등이 발생한다. 누구 하나만 잘해서 해결될 수 없고 우리 모두가 노력해야만 이 문제를 해결할 수 있다. 특히 태평양에 있는 쓰레기섬의 쓰레기는 오션클린업에 따르면 한중일에서 온 비율이 76퍼센트로 한반도(북한 포함) 10퍼센트, 일본 34퍼센트, 중국 32퍼센트를 차지한다고 한다. 한중일 3국은 수산업 규모가 매우 큰 나라로 수산업이 거대해질수록 더 많은 어구를 쓰고 버리는데 이 쓰레기가 바다를 오염시키고 있다. 기후위기를 막기 위해 파리기후협정을 맺었듯, 해양쓰레기를 줄이기 위한 구체적인 규범이 수립되어야 할 것이라는 게 많은 해양환경단체의 공통된 의견인 듯하다. 내 생각도 그러하다.

플라스틱이 바다에 미치는 영향

바다로 유입되는 많은 쓰레기 중 플라스틱의 양은 얼마나 될까? 쉽게 말해 1분마다 쓰레기 차량 한 대 분량의 플라스틱이 바다에 버려진다고 생각하면 된다고 한다. 이렇게 바다로 흘러간 플라스틱은 오랜 시간 염분과 햇빛에 노출되어 삭기 시작하고 종잇장처럼 찢기거나 조금만 힘을 주어도 바스러져 미세플라스틱이 된다.

이제까지 플라스틱이 기후변화에 미치는 영향은 플라스틱이 만들어지고 유통되는 과정에서 사용되는 석유나 화석 연료의 양으로만 계산되었다. 하지만 2018년 사라 진 로이어 박사가 1년 반 동안 하와이에서 플라스틱의 일종인 폴리에틸렌 샘플들을 수집하여 분석한 결과, 각종 폴리에틸렌이 온실가스인 메탄과 에틸렌을 내뿜는다는 걸 밝혀냈다. 실험을 시작한 지 212일이 되었을 때 처음보다 176배나 많은 메탄가스를 배출했다는 걸 발견했으며, 특히 여러 종류의 플라스틱 중 쇼핑백이 가장 많은 온실가스를 배출한다는 걸 알아냈다. 플라스틱이 시간이 흐르면서 태양광에 노출되고 잘게 쪼개질수록 태양광에 노출되는 표면적이 더욱 커져서 앞으로 큰 문제가 될 것이라 한다.

작은 쌀알 크기의 동그란 플라스틱 원료 알갱이(펠릿)가 제주 북쪽 해변에서 자주 발견된다. 플라스틱 원료를 선박에 싣고 가는 도중 발생하는 사고에 의해 이것이 바다로 유입되고 해류에 의해 제주 해변까지 밀려왔을 거라 추정하고 있다. 실제로 2012년 7월 홍콩 해안에서 태풍으로 플라스틱 알갱이 150톤이 바다로 쏟아진 사고가 있었다. 또한 플라스틱 원료를 만들거나 이를 육지로 운송하는 과정에서 플라스틱 원료가 자연으로 유입될 가능성도 있다.

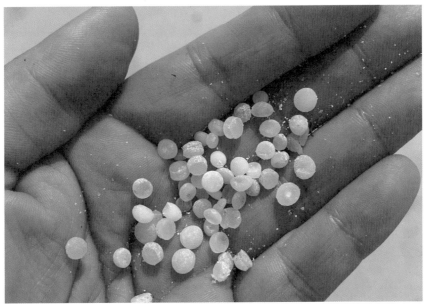

다양한 색깔의 바스러진 플라스틱 조각들과 플라스틱 원료 알갱이

**플라스틱 제품
사용 줄이기**

하루는 외국에서 발견되는 해양쓰레기 중에는 플라스틱 칫솔도 많다는 기사를 접하게 되었다. '말도 안 돼!'라고 생각했지만 얼마 지나지 않아 김녕 해안도로에서 2시간 동안 플라스틱 칫솔을 20개가량 줍게 되었다. 큰 충격을 받았다. '대체 어떤 사람들이 바다에 칫솔을 버리는 거지'라는 생각에 화가 났다.

그날 잠자기 전 양치를 하다가 불현듯 내가 플라스틱 칫솔을 쓴다는 사실을 자각했다. '바다에 직접 쓰레기를 버리지는 않지만 나 또한 결국 같은 쓰레기를 만들어내고 있구나'라는 생각을 처음으로 한 것이다. 그전까지 나는 바다에 직접 쓰레기를 버리지 않는 이상 해양쓰레기는 나와는 관계없는 이야기라고 생각했는데 크나큰 오산이었다.

또 하루는 바닷물에 잠겨 있는 우산을 줍게 되었는데 이제까지 살면서 내가 잃어버린 우산이 떠올랐다. 몸을 가눌 수도 없을 정도의 강한 바람에 날아가 쫓을 새도 없이 잃어버린 마스크와 같이 가볍고 작은 쓰레기들도 생각났다. '어디선가 쓰레기가 되었겠지. 그리고 그중 몇 개는 바람이나 빗물에 쓸려 바다로 유입되었겠지.' 더 이상 '해양쓰레기가 내가 버린 쓰레기는 아니다'라는 생각은 할 수 없었다.

내가 쓰레기를 잘 버린다고 해도 재활용되지 않으면 소각되거나 매립될 텐데 '바다에 직접 버리지 않았을 뿐이지 내가 버린 쓰레기가 자연 어딘가로 가게 되는구나'라는 생각에, 해양쓰레기를 볼 때마다 '나는 같은 종류의 쓰레기를 얼마나 만들어내고 있나' 반성하며 조금이라도 줄이려고 노력하게 됐다. 올바르게 분리배출하는 방법에도 더 큰 관심이 생겼다. 그러면서 자연스럽게 친환경제품과 플라스틱 대체용품에 관심을 가지게 되었다.

　나는 칫솔을 대나무 칫솔로 바꿨다. 액체제품을 고체제품으로
바꾸면 쓰레기를 줄일 수 있다는 것을 알게 된 후 주방부터 공략했다.
샴푸비누보다는 설거지비누가 처음 시도하기엔 더 쉽게 느껴졌기
때문이다. 그때만 해도 엄마가 집에서 아크릴 실로 만든 수세미와 흔한
녹색 수세미를 쓰고 있었는데, 설거지비누로 바꾸고 나니 비누칠을
할 때 수세미의 미세섬유가 비누에 묻어 나왔다. 또 수세미를 물에
헹굴 때도 미세섬유가 조금씩 떨어져 나오는 것을 본 후 삼베수세미로
바꿨다. 기존 제품을 다 쓰고 새 제품을 사야 할 때는 친환경제품 또는
플라스틱 대체제품으로 천천히 바꿔나갔다.
　소셜미디어에 '#제로웨이스트'라고 검색해보면 다양한 제품들이
나온다. 또 전국적으로 제로웨이스트숍이 많아졌는데 그곳에서 다양한
친환경제품 정보도 얻을 수 있고 빈 용기를 가지고 가면 세제와 같은
액체제품을 필요한 만큼만 살 수도 있다. 조금 수고스러워도 쓰레기를
줄이는 재미가 쏠쏠하다.

　사실 플라스틱으로 인한 바다 오염 중 가장 심각한 문제는
세탁기에서 나온다고 한다. 우리가 입는 옷 대부분이 합성섬유(플라스틱
종류)인데 파타고니아의 연구에 따르면 후리스 한 벌을 한 번 세탁할
때마다 25만 개의 미세플라스틱섬유가 바다로 흘러간다고 한다.
　최근 나는 빨래할 때마다 세탁기에서 나오는 합성미세섬유를
걸러준다는 아이쿱생협의 세이브더오션 필터를 사용하기 시작했다.
(필터를 사면 기기는 무료로 대여해준다고 하니 아이쿱생협에 문의해보자.)
　나는 아직 부족하고 여전히 적지 않은 쓰레기를 만들어내고 있지만,

김녕 해안도로에서 2시간 동안 주운 칫솔의 양

오늘도 쓰줍

내가 할 수 있는 선에서 조금이라도 더 줄여보려고 노력하고 있다. 옷을 세탁하는 것만으로도 우리는 우리도 모르게 바다를 오염시키고 있다. '해양쓰레기와 나'의 관계에 관심을 가지고 조금이라도 나은 선택을 할 필요가 있지 않을까.

생수를 사 먹는 대신 텀블러를 휴대하다

세이브제주바다를 시작하면서 바다에서 생수병 쓰레기를 가장 많이 보다 보니 물만큼은 사 먹지 말자고 다짐했다. 이제는 바닷가로 놀러갈 때마다 마실 물과 커피 등 음료수를 텀블러에 챙겨 나간다. 카페에서 음료를 머그잔에 달라고 했음에도 불구하고 의사소통 문제인지 음료가 일회용 컵에 나올 때가 많다. 이런 일을 몇 번 겪고 난 후 텀블러를 꼭 가지고 다니게 됐다. 간식거리도 챙겨 혹시라도 배가 고파져 편의점에서 뭘 사 먹는 일을 줄였다. 물론 내가 편의점에서 과자를 아예 사 먹지 않는 건 아니지만, 조금만 불편을 감수해서 음료수와 간식을 챙겨 다니면 그만큼 쓰레기를 줄일 수 있다는 걸 알기 때문이다.

쓰레기,
내 눈앞에서
사라지면
끝?

해양쓰레기를 주우면서 '대체 어떤 인간들이 쓰레기를 바다에 버릴까?' 생각하며 스트레스를 받다가 '나도 결국 같은 쓰레기를 만들어내는구나' 깨닫게 되니, '그렇다면 대체 바다에 쓰레기를 왜 버릴까'를 생각하게 되었다. 질문을 '누가' 버리나에서 '왜' 버리는가로 바꾸니 문제가 달리 보였다.

인스타그램에서 우연히 보게 된 영상이 하나 있다. 어떤 선원이 배 위에서 쓰레기통에 있던 쓰레기를 그대로 바다에 던져버리는 것이었다. 세이브제주바다 팔로워가 실제로 제주도 어느 배 선원들이 바다에 쓰레기를 버리는 모습을 보고 제보해 오기도 했다. 한림항에 가면 배에서 버려진 생활쓰레기가 항구 가까이에 몰려든 것을 쉽게 볼 수 있다. 협재바다에서는 쓰레기를 줍던 중 동네 할머니가 음식물이 든 비닐봉지를 그대로 바다로 던지는 모습을 목격하기도 했다. '바다에 던지면 내 눈앞에서 사라지니까, 어떻게든 되겠지'라고 생각하는 걸까?

그런 의문을 갖고 있던 차에 마침 곱게 접힌 우유팩을 바다에서 그리고 해양쓰레기 중간집하장에서 발견하게 되었다. '잘 버려졌다면 재활용이 되었을 텐데 어쩌다 해양쓰레기가 되었을까?' 이어서 '그럼 나는 분리배출을 잘 하고 있나?' 자문하게 되었고 궁금증이 생겼다. 내가 재활용을 위해 분리배출한 쓰레기들은 실제로 재활용이 잘 되고 있을까?

우리나라의 쓰레기 분리배출률은 45퍼센트 정도이나 분리배출된 쓰레기 중 실제로 선별되어 재활용되는 양은 24퍼센트에 불과하다고 한다. (출처: 쓰레기박사님 자료)

애초에 제품을 만들 때 재활용이 어렵게 만들고 이중 삼중의

올바로 분리배출했다면 재활용되었을 우유팩과 테트라팩. 세척 후 잘 말린 다음 따로 모아서 배출해야 재활용이 가능하다. 재활용도움센터나 한살림 수거함을 찾아보자.

과포장으로 쓰레기를 양산하는 기업 그리고 일회용품 사용을 금지하겠다는 정책을 손바닥 뒤집듯 바꿔버린 정부가, 소비자에게 분리배출 및 재활용의 짐을 몽땅 지우고 있는 모양새다.

분리배출의 열기가 식은 이유 중 하나로 쓰레기를 품목별로 분류해 따로 버려야 하는 '재활용 피로감'이 꼽힌다. 예컨대 플라스틱 통에 들어 있는 제품을 하나 사면 통, 뚜껑, 라벨이 다 다른 플라스틱 종류로 만들어진 게 대부분이다. 때문에 분리배출은 고스란히 소비자의 몫이 되어버린다. 하지만 만약 생산 단계에서부터 플라스틱 재질을 통일한다면 분리배출과 선별의 효율을 높일 수 있을 것이다.

우리가 정부와 기업에 목소리를 내야 한다. 실제로 소비자들의 요구에 의해 개별 포장된 김이나 인스턴트 식품 안에 불필요한 플라스틱 트레이를 뺀 제품도 나오고 있다. 이런 제품들을 소비하는 방법으로도 목소리를 낼 수 있을 것이다. 더 나아가 환경 캠페인을 벌이는 환경단체 활동에 지지를 보내고, 환경 관련 정책을 내세우는 정치인의 공약을 잘 살펴보고 투표를 하는 것 또한 우리가 목소리를 내는 방법일 것이다.

나는 분리배출만 잘하면 괜찮다고 생각하고 일회용품을 무분별하게 써온 게 아닐까? 분리배출만 잘하면 정부가 알아서 잘 재활용하겠지 생각하는 나 역시 결국 바다에 쓰레기를 버리며 내 눈앞에서만 사라지면 된다고 생각하는 사람들과 같은 행동을 하고 있는 것이 아닐까?

**쓰레기를
단 하나라도
줄이려는 노력**

예전에는 아무 생각 없이 일회용품을 쓰며 쓰레기를 많이 배출하면서 살았고, 재활용을 위해 분리배출만 잘하면 된다 생각했다. 하지만 쓰레기를 줍다 보니 쓰레기 자체를 줄이는 것이 중요하다는 걸 깨닫게 됐다. 내가 좀 편리하면 쓰레기는 늘어난다. 그래서 좀 더 불편한 쪽을 선택하려고 노력하고 있다. 나도 이렇게 변했는데 다른 사람들도 그럴 수 있지 않을까?

쓰레기를 주우며 많은 것을 깨닫고 있지만 나는 아직도 많이 부족하다. 하지만 매일매일 하나씩 배우고 있으니까 괜찮다고 스스로 위안을 해본다.

'#쓰레기다이어트'라는 오픈채팅방을 운영하면서 쓰레기를 줄이는 팁을 공유하는 친한 동생 부부인 기웅과 주은을 보면서도 많은 자극을 받고 있다. 쓰레기를 하나라도 줄이려고 노력하고 불편을 감수하는 모습을 보면 그 마음이 참 아름다워 보인다. 내가 쓰레기를 줄이려고 노력하는 모습을 보고 누군가에게 자극을 줄 수 있다면 얼마나 좋을까 생각해보곤 한다.

3부

이 많은
쓰레기는
어디로
갈까?

해양쓰레기 처리의 현주소와
세이브제주바다의 활동기

해양쓰레기 처리의 현주소

세이브제주바다 비치클린에 참여하는 많은 사람이 "수거한 해양쓰레기가 어떻게 처리되냐"고 물었다. 사실 처음엔 나도 잘 몰랐기 때문에 신문기사를 찾아보고 "염분 및 기름 등에 오염되어 있어 재활용은 어렵고 소각이나 매립도 어렵다"고 답했다. 그럼 대체 이 많은 쓰레기가 어디로 간단 말인가?

읍사무소 해양수산과 주무관 몇몇 분께 물어보니, 해양쓰레기를 모아놓는 집하장이 가득 차면 입찰을 내고 그 후에는 낙찰된 업체(해양쓰레기 중간처리업체)가 가져가서 처리를 하기 때문에 얼마나 재활용되는지 소각되는지 매립되는지는 업체마다 다르다고 했다. 낙찰된 업체에게 쓰레기를 넘긴 후에는 처리 결과에 대한 보고를 받지도 않는다고 한다.

해안도로나 해수욕장 주차장 또는 해변가에 버려진 깨끗한 생수병(투명 플라스틱)은 주워서 분리배출만 해주면 재활용이 될 가능성이 높지만, 해양쓰레기가 되면 재활용이 되지 못할 가능성이 아주 크다. 해양쓰레기는 보통 재질을 분류하기 힘든 것도 많고 오염된 것들이 많이 때문에 한 자루에 넣어지는데 제대로 처리하는 업체는 드물고 그냥 압축해서 소각 및 매립을 해버리기 때문이다.

해양쓰레기는 그 처리 비용이 일반 생활쓰레기의 최소 1.5배가 든다. 때문에 해양수산과에서는 해양쓰레기를 주울 때 염분에 오염된 쓰레기만 주워달라고 한다. 그 외에는 종량제 봉투를 이용해야 한다. (주민센터나 읍사무소에서 환경정화용 종량제 봉투를 지원받을 수 있다.) 바다에서 쓰레기를 줍고 있으면 지나가는 사람들이 방금 마신 커피컵 등의 쓰레기를 자루에 같이 담아줄 수 있냐고 묻는 경우가 꽤 있는데

해양쓰레기가 들어 있는 자루를 하나하나 다 찢어서 내용물을 최대한 분류하여
재활용하는 해양쓰레기 처리업체의 작업 모습. 해양쓰레기는 재활용이
불가능하다고 생각했는데 이곳을 견학한 후, 해양쓰레기도 자원이 될 수 있다는
걸 알게 되었다.

오늘도 쓰줍

안 된다고 하는 이유가 여기에 있다.

세이브제주바다를 시작했을 때만 해도 해양쓰레기 자루가 종류별로 나왔다. (주민센터나 읍사무소에서 지원받을 수 있었다.) 파란색 자루는 플라스틱용, 작은 샛노란색은 고철용, 하얀색은 유리용, 연노란색은 스티로폼용 그리고 빨간색 자루에는 나머지 잡다한 것을 담도록 했다. 5개의 자루를 들고 다니면서 쓰레기를 줍다 보면 이건 어느 자루에 넣어야 할까 고민되는 쓰레기도 많았다. 시간도 너무 오래 걸렸다. 또 작은 쓰레기들도 많아 잡다한 쓰레기를 넣는 빨간색 자루를 제외하고 나머지 자루는 다 채우기도 어려웠다. 예컨대 고철이나 유리 같은 건 잘 나오지 않는데 손바닥보다 작은 쓰레기 한두 개 때문에 자루를 따로 써야 하나 싶기도 했다. 그래도 하는 데까지는 해보자는 생각으로 색깔별로 나뉜 해양쓰레기 자루를 지원받으려 읍사무소에 문의했는데 이제는 스티로폼용인 연노란색과 빨간색 자루만 제공된다고 했다. 현재는 '해양쓰레기 수거용'이라고 적힌 하얀색도 많이 쓰인다.

그래도 여전히 분류하면서 줍는 게 더 좋지 않을까 생각하던 차에, 마침 해양쓰레기 중간처리업체 사장님 두 분을 만나게 되었다. '해양쓰레기를 주울 때 분류하면서 주우면 도움이 되냐'고 여쭤보았더니 '별로 도움이 안 된다'고 하셨다. 줍는 사람이 전문가가 아닌 이상 분류해봤자 잡동사니가 들어 있을 가능성이 커서 어차피 자신들이 다 다시 분류해야 한다고 덧붙이셨다. 또한 해양쓰레기 중간처리업체 대부분이 쓰레기를 압축해서 소각 및 매립하는 것이 현재 실정이다. 어디서부터 바뀌어야 할까.

2020년 나는 제주도에 있는 해양쓰레기 중간집하장 중 한 곳에 직접

가보았다. 해양쓰레기가 내 키를 훌쩍 넘길 정도로 높이 쌓여 있어 그
양에 압도될 정도였다. 입구부터 끝까지 영상에 다 담을 수 없을 정도로
많은 양이 쌓여 있었다. 발 디딜 틈도 없었다.

   이 쓰레기들은 플라스틱 부표와 스티로폼 부표가 따로 분류되어
있었다. 관리자분께 여쭤보니 스티로폼 부표는 재활용이 되지만 그
외는 재활용이 거의 되지 않고, 대부분 소각 및 매립되고 있는 걸로
안다고 하셨다. 아무리 열심히 해양쓰레기를 수거해도 재활용이 되지

않는다면 세이브제주바다 활동은 쓰레기를 바다에서 육지로 옮기는 결과에 그치고 마는 게 아닌가 하는 생각에 한숨이 나왔다. 해양쓰레기 처리를 위한 시스템 구축 및 제도 마련을 관에만 맡긴 채, 해양쓰레기를 수거하는 활동을 계속해서 하는 게 과연 의미가 있나 하는 질문을 하게 된 순간이다.

그러던 차에 한 프로그램으로 인연을 맺은 작가님이 2021년 6월 JIBS 특집프로그램 "플라스틱 오염원에서 자원으로"라는 환경토론에 패널로 초대해주셨다. 90분이 넘는 토론회에서 나는 10분 남짓한 시간밖에 발언할 기회가 없었는데도, 그 토론을 보고 제주도의 한 해양쓰레기 중간처리업체 사장님께서 나를 만나고 싶다고 연락해 왔다. 실제로 해양쓰레기가 어떻게 처리되고 있는지 보고, 현장에서 일하는 사람들의 실제 이야기를 들어달라고 하셨다.

찾아간 곳은 흡사 뉴스에서 보던 물류창고를 연상시키는 조립식 패널 건물이었다. 안에 쓰레기가 쌓여 있을 거라고 상상할 수 없을 정도로 굉장히 깨끗한 외관을 띠고 있었다. 해양쓰레기 분류작업을 견학하기 전 사무실에 앉아 이런저런 이야기를 나누며 평소에 궁금했던 것들을 여쭤보았다.

해양쓰레기 입찰이 최저가 입찰이기 때문에 어떤 업체들은 단순히 쓰레기를 압축해서 육지에 있는 최종처리업체로 보내 조그마한 차익을 남기는 데도 있다고 했다. 이런 경우 쓰레기는 다 소각이나 매립된다.

하지만 이 업체는 해양쓰레기가 담긴 자루를 일일이 하나하나 다 찢어서 안에 들어 있는 내용물을 최대한 분류하여 재활용하고 있었다. 너무 더러워서 '이건 재활용될 수 없겠지' 싶은 것들도 다 분류되고

있어 놀라웠다. 오염된 쓰레기도 몇 번 세척하면 꽤 깨끗해져 재활용이
가능하다는 것이다.

중국발 부표는 최하등급 플라스틱으로 재활용되지 않기 때문에
고형연료로 써서 에너지를 회수할 수 있게끔 육지에 있는 소각장으로
보낸다고 했다. 이렇게 재활용 및 에너지 회수를 하는 것이 약
65퍼센트, 소각하는 것이 약 25퍼센트 그리고 나머지 10퍼센트가
매립된다고 한다.

사실 나는 이 업체를 견학하기 전까지 해양쓰레기를 줍는 게 그저
쓰레기를 바다에서 육지로 옮기는 것에 불과하다고 생각돼 암울했었다.
그런데 이렇게 제대로 처리한다면 해양쓰레기 문제 해결에 희망이
보였다. 공장에 초대해주시고 귀한 시간을 내어주신 사장님께 깊은
감사를 전한다. 사장님은 다음번에 토론을 하게 되면 자신과 같은
해양쓰레기 처리업체들을 대변해달라 하셨다.

안타깝게도 이렇게 쓰레기를 선별하기 위해서는 많은 인건비가 든다.
현재와 같은 최저가 입찰제로는 해양쓰레기를 제대로 처리할 수 없다.
2022년 기준 제주에서 수거된 해양쓰레기는 2만 2,000여 톤으로 3년
전보다 2배가량 늘었고 처리 비용 또한 계속해서 늘고 있다.

관련된 많은 사람이 '해양쓰레기를 수거하는 사람이 모자라다.
인원을 늘리자'고만 하는데, 나는 해양쓰레기를 제대로 처리하는 게
수거에도 의미가 있다고 생각한다. 현재 해양쓰레기 처리방식으로는
한계가 있다. 해양쓰레기 처리업체가 재활용 및 에너지 회수를
많이 할수록 가산점을 준다거나, 어떻게 처리하는지 최소한
서류를 제출하도록 해야 한다. 제대로 처리하는 업체들을 장려하여
해양쓰레기가 더 잘 처리되는 방향으로 나아가야 한다.

**분리배출한
페트병의
재활용 과정**

일본을 비롯한 몇몇 나라가 생수 페트병을 다시 페트로 재활용하는 선순환 재활용 시스템을 갖추고 있는 반면, 우리나라는 페트를 섬유로 재활용하고 있다. 한번 재활용하면 끝인, 닫힌 재활용 시스템이다. 특히 깨끗하지 않은 상태이거나 라벨을 제대로 떼지 않은 상태일 때는 장섬유(원단)가 아닌 단섬유(솜)로 재활용된다. 당연히 염분, 기름 등으로 오염되어 있는 해양 페트병 쓰레기는 재활용이 어렵다. 페트병에 바다생물이 붙어 자라고 있는 경우도 많아 아무리 잘 떼어내도 깨끗하게 떼어지지 않는다.

페트를 재활용하기 위해서는 따로 선별해서 톤 단위로 모아놓고 압축을 해야 하는데, 해양쓰레기는 선별 작업조차 쉽지 않은 게 현실이다.

2023년에는 대구에 있는 페트병을 재활용하여 솜을 만드는 공장 견학을 다녀왔다.

압축된 페트병을 풀어 컨베이너 벨트 위로 쏟아부으면 작업자들이 페트병이 아닌 것들을 골라낸다. 선별을 마친 페트병은 분쇄되고 세척되는데, 세척 과정에서 뚜껑은 HDPE 재질로 물에 뜨고 페트는 물에 가라앉기 때문에 자동으로 분류된다고 한다.

문제는 라벨이다. 라벨 분류가 가장 어렵고 어떻게든 페트와 조금씩이라도 섞이기 때문에 재생 페트의 질이나 가격이 떨어진다고 한다. (우리나라는 질 좋은 페트 쓰레기를 일본에서 수입하고 있는 실정이다!) 페트는 90도의 높은 온도로 세척되는데, 이 과정에서 세척이 안 된 음료수병은 남아 있는 설탕 성분이 타버리면서 페트를 그을려 제품의 질을 떨어뜨린다. 그러니 페트는 꼭 세척 후 분리배출해야 한다.

(위) 압축된 페트병의 모습
(아래) 분쇄 및 세척 후
분리된 페트와 뚜껑

(위) 분쇄 및 세척된 페트는
솜공장으로 옮겨져 다른
폐플라스틱 및 신재와 함께
섞여 녹여진다. 질이 좋은
페트는 솜이 아닌 실로
만들어져 의류로도 재활용될
수 있다.
(아래) 이불이나 옷, 쿠션
등의 충전재로 사용되는
솜의 모습

**스티로폼 부표의
재활용**

스티로폼은 부표는 스티로폼 박스와 마찬가지로 녹여서 잉고트로 만든 후 액자, 욕실 발판, 창틀 심재, 흡음재, 합판 등으로 활용할 수 있다고 한다. 나는 이 잉고트를 만드는 공장에 견학 갔다가 몇몇 스티로폼 부표 안에 불연성 건축 폐자재(스티로폼)가 들어 있는 것을 발견했다. 원가 절감을 위해 부표 안을 건축 폐기물로 채운 것이다. 사장님께 듣자니 10여 년 전에는 스티로폼 부표 안에 로프, 라면봉지 등의 여러 쓰레기가 들어 있기도 했다고 한다.

왼쪽은 스티로폼을 녹여 잉고트를 만드는 모습
오른쪽은 불연성 건축 폐자재가 들어 있는 스티로폼 부표의 모습

해양쓰레기 재활용 프로젝트의 시작

세이브제주바다의 시작은 '누군가 해주길 바라지 말고 내가 그 누군가가 되자'였다. 그 연장선에서 해양쓰레기를 수거하는 데 그치지 않고 해양쓰레기 재활용률을 높이는 데 직접적으로 기여하기로 했다.

세이브제주바다 운영진인 민호님이 테라싸이클 코리아에 해양쓰레기 재활용 프로젝트 제안해보자는 아이디어를 냈다. 테라싸이클 코리아의 재활용 공장과 연계하여 재활용 가능한 것들을 찾아보다 플라스틱 부표 중 PP(폴리프로필렌) 또는 HDPE로 만들어진 부표가 가장 적합하다는 걸 알게 되었다.

2021년 5월 플라스틱 부표 중에서도 PP로 만들어진 부표를 이용해서 캠핑박스를 만들기로 결정했다. 살림살이를 넣을 수 있고 바다를 살릴 수도 있다는 의미를 담아 이름은 '바다살림박스'로 정했다.

최소 제작 수량인 1,000개를 만드는데 품질 보장을 위해 약 30퍼센트의 폐플라스틱 부표로 만든 재생 플라스틱을 넣어 만들어보기로 했다. 그러기 위해선 약 500킬로그램의 폐플라스틱 부표가 필요했다. 15명의 자원봉사자들이 구좌읍 해양쓰레기 중간집하장에 산처럼 쌓여 있는 폐플라스틱 부표를 뒤져 PP라고 표시된 부표만 선별하였다. 그런 다음 세척 및 재활용 원료로 만드는 작업을 위해 이 부표들을 육지로 보냈다.

구좌읍 해양쓰레기 중간집하장에 쌓여 있는 플라스틱 부표들. 이 가운데 국내산 부표 중 PP라고 적힌 플라스틱 부표만 골라낸 후(같은 종류의 플라스틱만 재활용 가능하다), 무게를 재고 트럭에 실었다.

이렇게 부표로 캠핑박스를 만들고 해피빈으로 펀딩을 했다. 펀딩은 3차로 나누어 진행되었는데 펀딩 목표금액을 100만 원으로 매우 낮게 잡았기 때문에 펀딩 성공률은 아주 높았다. 하지만 2차가 끝나가는 시점에도 제작비가 나오지 않았다. 나는 잠을 설치기 일쑤였다. 똥줄이 탄다는 게 이런 기분인가 싶었다. 돈 한 푼 없는 환경단체 대표가 외상으로 겁도 없이 일을 저지르다니…. 내 자신이 한심해 보이고 눈앞이 캄캄했다.

3차 펀딩을 진행하면서 제작비가 아직 나오지 않았다고 인스타그램에 도움을 호소했더니 감사하게도 많은 분이 도와주셔서 겨우 손익분기점을 넘을 수 있었다. 특히 전국에서 많은 제로웨이스트숍 사장님이 큰 도움을 주셨다.

우리가 육지로 보낸 부표는 세척공장에서 분쇄되고 세척된 후 펠릿공장으로 보내졌다. 여기서 재생원료인 펠릿으로 만드는 작업을

플레이크

배합기

배합기 투입

입고

용융기 투입

용융

압출

냉각

컷팅

원료화 공정 진행 현황

해양 플라스틱 운반(제주 → 테라사이클)

분쇄 완료

원료화 완료

해양 플라스틱 수거

분쇄된 해양 플라스틱

재생 펠릿

거친 후 다시 캠핑박스를 만드는 공장으로 보내져 바다살림박스가
탄생했다. 이 모든 과정을 세이브제주바다 팔로워들과 공유했다.
재활용을 하기 위해 얼마나 많은 시간, 돈, 인력 그리고 에너지가
드는지 보여주고 싶었다. 그리고 왜 재활용이 답이 될 수 있는지 같이
생각해보고 싶었다.

많은 분이 업사이클링 제품으로 왜 캠핑박스를 선택했냐고 물었다.
부표가 검은색이 대부분이라 색에 제한이 있었고 실용적이면서
무게가 어느 정도 나가 많은 양의 재생플라스틱을 사용할 수 있는
제품을 찾다 보니 캠핑박스가 된 것이다. 다른 예로 열쇠고리 1,000개를
만드는 데에는 재생플라스틱이 몇십 킬로그램밖에 들지 않는다.
하지만 바다살림박스를 만드는 데 재생원료보다 신재료가 더 많이

쓰였다는 점은 아쉬웠다. 또 캠핑박스가 가격이 너무 비싸서 아쉽다고 하신 분들도 많았다. 하지만 여기에도 나름의 이유가 있다.

첫째, 부표 수거 자체는 나와 세이브제주바다 활동가 서우, 이렇게 두 명이 겨우내 지인의 트럭을 빌려 집하장을 다니며 수거해 인건비가 들지 않는다 치더라손, 일단 해양 플라스틱 쓰레기를 제주에서 육지로 보내 세척하고 재생원료로 만드는 비용이 비쌌다. 여러 봉사자분들이 도와주셨고, 애초에 봉사활동의 개념으로 따로 인건비를 책정하지도 않았지만, 기업들처럼 몇십 몇백만 개씩 만들 수 있는 게 아니어서 단가가 높아질 수밖에 없었다.

둘째, 제품을 만들려면 금형이 필요한데, 이 역시 제작비가 비싸다. 소량인 1,000개를 만드는데 금형까지 제작할 수는 없으니, 이미 금형을 가지고 있는 공장에 연락해 재생원료로 제품을 만들어줄 수 있는지 문의해야 했는데 재생원료는 신재와 물성이 다르기 때문에 재생원료의 사용을 꺼리는 곳이 많았던 것이다.

해양 폐플라스틱으로 업사이클링 프로젝트를 진행하면서 느낀 점이 있다. 해양 플라스틱을 제대로 재활용하려면 수거, 재생원료 제작, 제품 제작까지 다 할 것이 아니라, 재생원료까지만 만들어 이를 공급하는 방향으로 나아가는 게 더 현실성이 있을 거라는 점이다.

한편으로 재생원료의 일률적인 색상도 다양화되면 좋겠다는 생각도 했다. 현재의 재생원료는 해양 폐플라스틱을 한번에 녹여 만들다 보니 검은색이 될 수밖에 없는데, 해양 폐플라스틱 소형 분쇄기를 통해 빨간색이나 파란색, 하얀색 등 폐플라스틱의 색을 살려 다양한 니즈에 맞게 소량으로 공급할 수도 있지 않을까. 폐플라스틱으로 가구나 악기 등을 만들고자 하는 아티스트들에게 최적화된 재생원료를 공급할 수도 있을 것이다.

2021년에는 캠핑박스를 제작하면서 해양 폐부표 500킬로그램을 재활용했다. 또 해양환경공단에서 해양쓰레기로 도어스토퍼를 제작한다고 하여 폐플라스틱 부표 100킬로그램을 보내 업사이클링 제품 제작을 돕기도 했다. 이렇게 해양쓰레기를 이용한 업사이클링 제품 판매로 인식 개선에 기여하고 자원순환에 기여한 공을 인정받아 2021년 9월 6일 자원순환의 날에 환경부장관 표창장을 받기도 했다.

**부표 재활용,
계속할 수 있을까**

2022년 해양쓰레기 재활용 프로젝트를 위해 2021년 11월부터 다시 부표를 모으기 시작했다.

2021년에 캠핑박스 제작을 위해 폐플라스틱 부표를 수거했던 중간집하장은 해양쓰레기 처리업체가 해양쓰레기를 가져간 지 얼마 되지 않아 집하장이 텅텅 빈 상태였고 공사 중이라 앞으로도 해양쓰레기를 쌓아놓을 때 예전처럼 부표만 따로 모아놓을 수 없는 상황이라고 했다. 그래서 다른 해양쓰레기 중간집하장을 방문해야 했다.

다른 중간집하장들도 성상 분류를 해놓았을 거라 생각하고, 그곳에 가면 폐플라스틱 부표 수거가 수월할 거라 믿었지만 큰 착각이었다. 제주도 집하장 중 성상 분류를 해서 플라스틱 부표만 따로 모아놓을 수 있을 만큼 큰 집하장은 얼마 되지 않다는 걸 그제야 깨달았다. 제주도에 있는 집하장 13군데를 모두 가보았는데 어떤 곳은 성상 분류를 하기엔 너무 작았고, 대개는 성상 분류를 해놓아도 재사용 및 재활용하는 곳이 없어 결국 해양쓰레기 처리업체가 트럭에 실어가면서 섞이기 때문에 성상 분류가 의미 없다고 했다.

플라스틱이 재활용되려면 재질 분류가 필수다. 여러 재질이 한데

세이브제주바다가 해양
플라스틱 쓰레기를
모아두기 위해 설치한
울타리와 재질별로
나누어놓은 부표의 모습

섞여버리면 질이 나빠지기 때문이다. 재활용 가치를 높이려면 같은
종류의 플라스틱만 따로 모아야 한다. 문제는 플라스틱 부표의 경우
따로 모아놓는다고 해도 재질 표시가 제대로 되어 있지 않은 게 많다는
점이다. 중국산과 국내산 부표 중 재질 표시가 되지 않는 것은 무조건
제쳐야 하니 플라스틱 부표만을 따로 모은다 해도 재활용 가능한 것은
그중 10분의 1도 되지 않는다.

　도에서 해양쓰레기 중간집하장에서 성상 분류가 될 수 있도록
가이드라인을 정하고 분류된 플라스틱들이 재사용 및 재활용 될 수
있도록 할 수는 없을까. 고물상에서는 특정 플라스틱 폐기물들을
가져가기도 하는데 집하장끼리 그런 정보를 공유한다면 좋을 것이다.

　플라스틱 쓰레기만 분류해서 쌓아놓은 중간집하장이 있어
가보았는데 3시간 동안 겨우 100키로그램 정도의 부표만 수거할 수
있었다. 허리가 부서질 것 같았다. 폐플라스틱 재활용 프로젝트를
진행하는데 자꾸 벽에 부딪히는 느낌이 들었다. 좌절의 연속이었다.

　다행히 캠핑박스를 만들었을 때 처음 갔던 구좌읍 중간집하장

삼촌들이 우리가 부표 수거에 어려움을 겪고 있는 걸 알고, 우리가 필요로 하는 부표들을 일주일에 한 번씩 따로 구석에 모아주셨다. 감사한 일이었다.

스티로폼 부표든 플라스틱 부표든 처음부터 재활용이 잘될 수 있는 재질로 만들고 재질 표시를 제대로 해야만 각 지자체의 폐기물 수거율을 높이고 성상 분류가 의미 있을 것이다. 그래야 해양쓰레기 자원화가 용이할 것이다.

해양쓰레기 처리 문제를 놓고 볼 때, 해양수산부는 '친환경부표'라는 문구에만 집착하지 말고 재활용이 용이한 PP나 HDPE로만 플라스틱 표를 만들도록 규정하고 재질 표시를 제대로 하게 해야 한다. 스티로폼 부표도 지금처럼 잘 부서지는 스티로폼 부표만 금지시킬 게 아니라, 부표 안에 쓰레기가 들어 있지 않은지 확인해야 한다. 그래야 스티로폼 부표가 제대로 재활용될 수 있다.

몇몇 큰 항구에서는 폐그물을 되가져오면 인센티브를 주는 방식으로 수거하고 있다. 이것을 작은 항구로도 확대하면 폐그물 수거율을 높일 수 있지 않을까.

2023년 초반부터 여러 가지 환경 관련 지원사업에 해양 폐플라스틱 재활용 사업으로 신청했지만 지속가능성이 없다는 등의 이유로 매번 떨어졌다.

세이브제주바다는 영리를 목적으로 하지 않는 사단법인이기 때문에 지원조차 할 수 없는 프로그램도 많다. (현재 사단법인 세이브제주바다가 하는 해양플라스틱 재활용 사업은 수익을 100퍼센트 공익을 위해 사용한다는 전제하에 하는 것이다.) 해양쓰레기 재활용 사업을 위해 따로 영리법인을 만들어야 해야 하나 진지하게 고민하고 있다.

창업을 하면 여러 지원프로그램에 지원할 수 있고 투자도 받을 수 있어 궁극적으로는 제주에서 주운 해양쓰레기를 제주에서 처리하여 재생원료 자체를 판매하든가 그것으로 제주 관광상품 등을 제작하는 데 더 용이할 것이다. 해양쓰레기 처리 문제에 대해 대안을 제시하고 싶다.

업사이클링 이야기

(왼쪽 위) 2022년 수협, 해양환경공단, 테라사이클과 협력하여 시각장애 아동을 위한 한글 점자블록. 1,600개 세트를 만들어 한국시각장애협회에 기증했다.
(오른쪽 위) 2023년 플라스틱아크와 협력하여 만든 화분
(아래) 2023년 노플라스틱 선데이와 협력하여 만든 돌하르방 열쇠고리

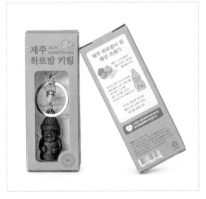

(왼쪽) 2022년 자원순환사회연대의 지원을 받아 '제주클린보이즈클럽' 정연철 매니저와 협력하여 만든 열쇠고리

(오른쪽) 오미경 작가님의 도움을 받아 만든 폐그물 가방

어떻게 하면 환경에 관심이 없는 사람들에게 제주 해양쓰레기에 대해서 알릴 수 있을까? 제주에서 직접 수거한 해양쓰레기로 제주 관광상품을 만들면 좋겠다는 생각에서 싸고 공간도 덜 차지하는 열쇠고리를 만들게 됐다. 제주클린보이즈클럽과 협력해 만든 이 열쇠고리를 비치클린 및 해양환경교육에 참여한 참여자 1,000명에게 리워드로 나눠드렸다.

한번은 화순리에 있는 해양쓰레기 중간집하장에 갔다가 우연히 깨끗한 폐그물을 발견했다. 이걸로 무엇을 할 수 있을까 고민하다가 가방을 만들어보기로 했다. 남아 있던 냄새는 물에 며칠 담가뒀다가 햇볕에 바짝 말려 없앴다. 그리고 사계에 있는 창작공간 퐁낭아래귤림 오미경 작가님의 도움을 받아 폐그물 가방을 만들었다.

문제는 그물이 너무 단단하여 미싱바늘이 뚫지 못한다는 것이었다.

그물 사이사이로만 바느질이 가능했는데 시간이 많이 걸리고 비용 면에서도 효율적이지 않아 대량 생산은 불가능했다. 그래도 이런 시도에 의의를 둔다. 예쁜 가방을 만들어주신 오미경 작가님께 다시 한번 감사의 인사를 전한다.

2023년에는 비치클린 센터를 나혼자한다 비치클린과 환경교육을 위한 공간으로만 쓰기엔 제대로 활용을 못하는 것 같아 해양쓰레기 전시를 개최했다. 세이브제주바다가 이때까지 제작한 해양 폐플라스틱 업사이클링 제품도 함께 전시했는데, 그중에는 김기대 작가님과 만든 폐플라스틱 부표를 활용한 드럼과 폐그물을 활용한 의자도 포함되어 있었다.

환경교육이 필요한 이유

2018년 가을 우연치 않게 강연 부탁을 받게 되어, 제주 중앙여고 2학년 학생들 중 30여 명을 대상으로 해양 플라스틱 오염에 관해 이야기했다. 강연을 들은 후 이 학생들이 세이브제주바다 비치클린에 참여해주었다. 단지 '쓰레기 줍는 일은 좋은 일이니까 해'보다는 환경교육이 선행되었을 때 아이들이 환경에 대해서 주체적으로 생각하고 행동하게 된다는 것을 알게 된 것도 이때다.

학생들은 다음과 같은 후기를 전했다.

"바닷가에 갔을 때 하얀 무언가가 있는 걸 보았는데 환경교육을 통해 그게 스티로폼 알갱이라는 것을 알고 충격을 받았고, 실제로 비치클린 때 바닷가에 작은 미세플라스틱이 많이 보여서 그것들을 열심히 주웠다."

"매번 생수를 사 먹었는데, 환경교육을 받고 개인 물병을 쓰기 시작했다. 해변에 플라스틱 병들이 버려져 있는데, 앞으로 계속해서 일상생활에서 쓰레기를 줄이려고 노력하겠다."

"해양오염에 대한 교육을 받고 일회용 플라스틱 쓰레기를 줄이기 위해 빨대를 사용하지 않기 시작했고, 집에서 보틀에 물을 담아 가지고 다니기 시작했어요. 바다쓰레기를 줍는 활동을 하며 작은 쓰레기를 많이 봤는데 이것들이 더 작게 쪼개져 바다로 흘러가 해양동물들이 먹는다고 생각하니 안타까웠어요."

우리가 한 번 쓰고 버리는 일회용 플라스틱 쓰레기가 어디로 가고 그것들이 생태계에 어떤 영향을 미치는지, 또 환경을 위해 우리가 무엇을 할 수 있는지에 대한 교육 자료의 필요성이 절실했다. 이를 위해 친환경 화장품 브랜드 러쉬의 채러티팟을 신청해, 러쉬의 지원으로

2020년 7월 환경교육 애니메이션을 만들어 유튜브 채널에 올렸다. 그리고 이 애니메이션을 세이브제주바다 비치클린에 참여하는 분들께 사전 시청할 것을 권유하고 있다. 또한 아이들에게 환경교육을 하고자 하는 부모님과 선생님 들을 위해 더 많은 환경교육 자료를 세이브제주바다 웹사이트에서 무료로 다운로드 받을 수 있게 하고 있다. 더불어 2022년에는 자원순환사회연대, 2023년에는 파타고니아 지원을 받아 해양쓰레기를 주우며 이야기를 나누는 프로그램을 진행하였다. 2023년에는 제주관광공사와 함께 '제로 플라스틱 원정대' 프로그램을 운영하여 환경교육 후 해양쓰레기를 줍고 쓰레기 선별장을 견학하기도 했다.

이런 비치클린 후에는 개인이 실천하고자 하는 다짐 하나를 바다지킴이 서약서에 써볼 수 있도록 하고 있다.

해양쓰레기 중에서도 재활용이 가능한 폐플라스틱 부표와 상대적으로 깨끗한 페트병을 따로 모아 참여자들이 해양쓰레기를 줍는 경험뿐만 아니라 자원순환에 기여하는 경험도 제공한다. 쓰레기를 자원으로 만드는 경험을 통해 쓰레기 줍기, 쓰레기 줄이기, 분리배출 올바르게 하기를 통합적으로 교육하고자 한다.

환경을 위해 힘쓰는 사람을 '환경운동가'라고 한다.

얼마나 힘을 써야 환경운동가일까? 하루 종일 환경을 위해 일하는 사람? 쓰레기를 아무것도 만들지 않는 사람? 자연환경에 아무런 해도 끼치지 않는 사람?

내가 봤을 땐 그 누구보다 훌륭한 환경운동가임에도 불구하고 '나는 환경운동가까지는 아니지만…'이라고 말하는 사람들을 많이 봐왔다. 우리는 '환경운동가'라는 단어를 너무 무겁게 사용하고 있는 건 아닐까? 환경운동가는 완벽한 사람을 칭하는 게 아니다. 자신이 처한 상황에 맞게 자신만의 방식대로 환경을 위해 조금이라도 노력하고 힘쓴다면 당신은 환경운동가이다.

세이브제주바다를 계속해서 앞으로 나아가게 하는 원동력 중 하나는 내가 만난 아이들이었다. 환경교육을 받고 비치클린에 참여한 경험을 바탕으로 일상생활에서 변화를 만들어내는 아이들, '환경운동가가 되려면 뭔가 대단한 게 필요한 줄 알았는데 환경을 사랑하는 마음만 있으면 된다는 걸 알았다'고 말하는 아이들을 보면서 이 세상 모두가 이 단순한 진실을 알면 좋겠다고 생각했다. 누구나 환경을 사랑하는 마음만 있다면 변화를 만들어내는 주인공이 될 수 있다고 깨닫고 실천할 수 있도록 세이브제주바다 활동을 계속해서 열심히 해야겠다 다짐하곤 한다.

내가 발리 소녀들을 보고 세이브제주바다 활동을 시작한 것처럼 오늘 나의 행동이 누군가에게 환경을 생각하는 씨앗 하나를 심어주는 계기가 될지도 모른다는 생각이 나를 앞으로 계속 나아가게 한다.

세이브제주바다의 활동을 보는 사람들이 '나도 한번 해볼까?' 하는 마음이 들었으면 좋겠다.

함께 해양쓰레기를 주우면 그 변화가 바로 눈에 들어온다. 쓰레기로

가득했던 바다가 깨끗해지고 또 쓰레기 자루들이 우리의 업적을
보여주기 때문이다. 그럴 때 함께하는 힘을 느끼게 되고 그것이
만들어내는 변화에 희망을 보게 된다. 다른 이들과 함께할 때, 변화를
만들려고 노력하는 허밍버드가 나 하나만 있는 게 아니구나 알게 될
때 꿈을 꿀 수 있다. 허밍버드들이 살린 깨끗한 바다. 더 많은 사람이
우리가 본 그 희망을 볼 수 있도록 돕고 싶다. 더 나아가 우리와 함께
깨끗한 바다를 꿈꾸도록 돕고 싶다.

**환경을 위해
할 수 있는
작지만
소중한 일들**

플라스틱 오염 문제를 해결하기 위해 내가 할 수 있는 것은 무엇일까 생각하는 시간을 가져보자. 가장 빠른 변화는 '나'로부터 만들어진다. 완벽할 순 없지만 각자의 자리에서 할 수 있는 것들을 실천해보자는 마음으로 단 하나라도 도전해보면 어떨까.

1. 쓰레기 다이어트

질문하기:

1) 나는 얼마나 많은 쓰레기를 만들어내고 있는가?

2) 내가 가장 많이 만들어내는 쓰레기 종류는?

3) 어떻게 하면 쓰레기를 줄일 수 있을까?

하루 동안 또는 일정 기간 동안 내가 만들어내는 쓰레기를 모으거나 기록해보자. 사진을 찍어도 좋다. 이게 너무 귀찮다면 분리배출할 때 가장 많이 나오는 쓰레기 종류를 살펴보는 것도 좋다. 내가 가장 많이 만들어내는 쓰레기가 무엇인지 관찰해보고, 어떻게 하면 하나라도 덜 만들어낼 수 있을까 고민해본다. 그중 한 가지를 다짐하고 실천해본다.

욕실이나 주방부터 공략해보자. 욕실에서 사용하는 제품들은 대부분 플라스틱 용기에 들어 있다. 액체제품을 고체제품으로 바꾸면 플라스틱 쓰레기를 줄일 수 있다. 샴푸바를 쓰는 것도 방법이다. 대체제품도 찾아보자. 나는 플라스틱 칫솔 대신 대나무 칫솔을 쓴다. 주방에도 바꿀 수 있는 것들이 많다. 합성수세미 대신 천연수세미로, 플라스틱 랩 대신 실리콘 랩을 쓴다면 쓰레기를 줄일 수 있다.

'#제로웨이스트' '#zerowaste'를 검색하면 많은 정보를 얻을 수 있으니 참고하자. 각자의 자리에서 각자의 방식으로 할 수 있는 만큼 하면 된다. 기억하자.

2. 올바른 재활용법 배우기

분리배출을 하는 올바른 방법에 대해서 궁금해해보자. 올바른 분리배출 방법을 알면 알수록 예전에는 '재활용이 가능하다는 생각에 분리배출통에 넣었던 것들 중 쓰레기가 많다는 것을 알게 된다. 재활용이 가능한 것이 아니라 쓰레기로 인식하기 시작하면 소비습관이 바뀌기 시작할 것이다. (쓰레기박사님 유튜브를 보면 재활용에 대한 궁금증을 해소할 수 있다.)

여러 번 강조하지만, 두 개 이상의 재질이 섞여 있는 제품은 재활용이 어렵다. 예컨대, 샴푸나 로션이 들어 있던 펌프가 달린 플라스틱 통을 제대로 분리배출하는 방법은 안에 용수철이 들어 있는 펌프는 복합재료이므로 일반쓰레기에 버리고, 통만 따로 세척해서 분리배출하는 것이다.

나는 노트를 살 때도 스프링이 달려 있지 않은 것을 산다. 쓰레기를 아예 배출하지 않고 살 수는 없으나 올바른 분리배출에 대해서 배우게 될수록 분리배출이 용이한 제품, 재활용이 용이한 제품들을 고르게 된다.

제주도에는 '재활용 도움센터'라는 곳이 있어, 우유팩, 건전지, 투명 플라스틱, 캔을 모아서 가져가면 1킬로그램당 20리터 1장의 종량제 봉투를 받을 수 있다. 또한 소형 가전제품도 무상으로 수거해준다.

3. 용기내 캠페인

일회용 쓰레기를 줄이기 위해 다회용품을 가지고 다니면서 쓰레기를 줄이는 캠페인을 '용기내'라고 한다. 빵을 사러 갈 때 집에서 통을 가지고 가면 비닐 쓰레기를 줄일 수 있는 것처럼 말이다. '용기-담을 수 있는 통'을 가지고 다니는 것만이 용기내가 아니라, 내가 익숙한 제품이 아니라도 새로운 친환경제품을 써보는 것도 용기내에 속한다고 생각한다.

샴푸 대신 샴푸바를 쓰는 것이 용기가 안 난다면 설거지를 할 때 액체세제 대신 설거지비누부터 도전해보자. 내 경우 아크릴수세미나 3M 녹색 수세미를 사용하다가 설거지비누에 묻어나는 합성 미세섬유를 보고 천연수세미로 바꾸게 되었다. 하나가 다른 하나로 이어지게 된다.

모레상점에서 판매하는 설거지 비누 '디쉬&베지 솝'을 사면 매출의 10퍼센트가 바다정화 활동을 하는 우리 세이브제주바다의 비치클린 활동에 기부된다. 이런 소비는 쓰레기를 줄일 뿐만 아니라 환경단체를 응원하는 방법이 되기도 한다.

4. 미리 비치클린

세이브제주바다 비치클린을 진행하다 보면 '참여하고 싶은데 내가 사는 곳은 바다와 멀다'고 아쉬워하는 분들이 있다. 집 앞에 버려진 쓰레기를 그대로 둔다면 그게 빗물이나 바람에 쓸려 강으로 바다로 흘러갈 텐데, 집 앞에 버려진 쓰레기 하나를 줍는 것만으로도 결국 바다로 흘러갈 쓰레기를 '미리' 줍는 것이니 '미리' 비치클린을 하는 것이 아닐까? 또한 결국 소각이 되거나 매립이 되거나 자연 어딘가에서 분해되지 않고 생태계를 오염시킬 일회용 플라스틱 쓰레기를 쓰지 않는 것만으로도 '미리' 비치클린이라 생각하면 언제 어디서나 비치클린에 참여할 수 있다!

버려진 쓰레기를 줍는 일이 그 양을 생각하면 굉장히 막연하고 막막한 느낌이 들 수 있다. 매일이 아니어도 된다. 그리고 많은 양이 아니어도 된다. '한 달에 한 번만 하자' '3개만 줍자' '5분만 하자' 또는

'봉투 하나만 채우자' 등 쉽게 이룰 수 있는 목표를 세우면 자주 그리고
꾸준히 할 수 있을 것이다.

5. 서약서 쓰기

구두로 약속했을 때보다 서명을 했을 때 실천율이 더 높다는
연구결과가 있다. 종이에 쓰레기를 줄이기 위한 실천 약속을 하나 적고
서명을 한 뒤 실천해보자. 이미 잘하고 있는 '장바구니 들고 다니기'
'텀블러 들고 다니기'와 같은 것들이 아니라. '내가 요새 가장 많이
만들어내는 쓰레기는 뭘까?'라는 질문을 스스로 함으로써 개인의
소비습관과 생활습관을 돌아보는 시간을 가져보자. 이 정도면 됐지
하고 안주하게 될 때 서약서를 쓰는 시간을 일 년에 한두 번 가져보면
자극을 받을 수 있다.

세이브제주바다로 연락주시면 바다지킴이 서약서 파일을
보내드린다.

(savejejubada@naver.com 또는 인스타그램)

6. 환경오염에 대해 알리기

환경운동에서 가장 중요한 것이 환경문제를 알리는 것이라고 한다.
단, '문제가 이렇게 심각하다'는 내용을 계속해서 알리는 것은 듣는
사람에게 피로로 다가갈 수 있다.

그렇다면 쓰레기를 줍는다거나 쓰레기를 줄이기 위해 노력하는
모습을 보여줌으로써 환경문제에 대해서 알릴 수도 있지 않을까. 다른
사람의 생각을 바꾸려면 말이나 글보다는 솔선수범이 가장 효과적이기
때문이다. 다른 사람들로 하여금 '나도 해볼까?'를 이끌어내는 데 가장
효과적인 것은 나의 실천이다. 나아가 환경단체들의 캠페인에 관심을

가지고 응원하며 참여하고, 환경정책에 관심을 가지는 것이 중요하다.

7. 변화를 만들어내기

집에서부터 쓰레기를 덜 만드는 변화의 주인공이 되어보자. 혹은
학교 내에 환경동아리를 만들어 학교에서 일회용품 사용금지 같은
캠페인을 벌이는 것도 좋다. 환경 관련 공모전(글, 포스터, 영상, 아이디어
등)이 많으니 검색해보고 도전해보는 건 어떨까.

환경을 위한 행동이 나한테 직접 이득이 된다면 그보다 좋은
동기부여는 없을 것이다. '탄소중립실천포인트'라는 게 있다. 다회용기
사용, 전자영수증 수령, 리필스테이션 이용, 무공해차 대여, 친환경제품
구매, 폐휴대폰 반납, 일회용 컵 반환, 고품질 재활용품 배출 등의
실천으로 포인트가 쌓이고, 쌓인 포인트는 현금처럼 사용할 수 있는
제도이다.

텀블러 사용으로 할인은 물론 봉사시간이 채워지는 '반들이' 앱도
있다. 이 외에도 다양한 어플이 있으니 친환경 실천 어플을 검색해보고
자신에게 맞는 것을 사용하자.

8. 다양한 루트로 환경에 대해서 배우기

환경 관련 서적이나 다큐멘터리를 시청하면 많이 배울 수 있다. 혹은
유튜브 채널에서 서울환경연합을 검색하여 쓰레기박사님, 기후박사님,
또는 쓰레기대학 등 환경 관련 영상을 시청하면 큰 도움이 될 것이다.

함께해요
세이브
제주바다

우리나라 길거리에 쓰레기통이 줄어든 건 1995년 쓰레기 종량제가 시행되면서부터다. 쓰레기를 버리는 만큼 돈이 드는 이 제도가 도입된 뒤, 사람들이 종량제 봉투를 구매하지 않고 생활쓰레기를 길거리 쓰레기통에 버리기 시작했고, 지자체들은 이를 방지하기 위해 길거리에 쓰레기통을 줄인 것이다. 문제는 이렇게 길에 쓰레기통이 없어졌으니 쓰레기가 보여도 주워서 버릴 데가 마땅치 않다는 것이다.

그래서 바다쓰레기를 주우려면 마음먹고 해양쓰레기 자루를 들고 가서 주워야 한다. 해양쓰레기는 바다에 유입된 후 해안으로 다시 밀려오는 쓰레기를 말하는데, 보통 80리터 정도의 자루에 담는다. (자루에 담기는 않을 정도로 부피가 큰 것들은 굳이 자루에 담지 않아도 된다.)

이 자루는 철물점에서 구입 가능하고 읍사무소나 주민센터에서 지원받을 수도 있다. 쓰레기를 줍기 전 활동하려는 곳이 속한 읍사무소나 주민센터에 문의하여 주운 쓰레기를 어디에 쌓아놓아야 수거해 가는지 물어봐야 한다. 그렇지 않으면 방치되고 쓰레기 투기의 현장이 되기 십상이다. 혹은 안전신문고 어플을 이용해 수거 요청을 할 수도 있다.

개개인이 그런 과정을 거치는 게 번거로울 수 있고 관광객일 경우 더더욱 어려움이 있다. 세이브제주바다와 같은 단체를 통하면 해양쓰레기를 담을 자루도 받을 수 있고 수거 장소 정보도 얻을 수 있다.

단체
비치클린

세이브제주바다 인스타그램 및 카카오플러스친구 채널에서 다가오는 바다정화 봉사활동의 일정을 매월 말에 확인할 수 있다. 신청은 인스타그램 DM이나 카카오플러스친구로 가능하다.

특별한 언급이 없는 한 연령 제한 없이 '누구나' 참여 가능하다. 따로

준비물은 필요없다. 비치클린에 필요한 장비인 쓰레기 자루, 장갑과
집게는 운영진이 준비해 간다. 단 일회용 플라스틱 소비를 자제하기
위해 물이 제공되지 않으므로 개인 물병을 챙겨와야 한다. 또 안전을
위해 미끄럽지 않은 신발을 신는 것도 잊지 말자.

구글폼 작성 완료 시 자동으로 신청이 완료되며 만나는 장소 등
자세한 사항이 적혀 있는 안내문자는 비치클린 일정 1~2일 전에
보내준다. 우천 시에는 취소될 수 있다. (비로 돌이 젖으면 미끄러워 위험할
수 있으며 또한 우비를 구입해 또 다른 쓰레기를 만들면서 쓰레기를 주울
필요는 없다는 생각에서다.)

활동은 약 2시간이며 자원봉사 포털사이트인 1365.org에 가입된
분에 한해 봉사활동 2시간 실적이 인정된다.

**나혼자한다_
비치클린**

마찬가지로 연령 제한 없이 누구나 참여 가능하며, 개인 물병과 안전한
신발만 지참하면 된다. 참여 시 봉사활동 1시간 실적이 인정되며,
원하시는 분은 알려주시면 신청 링크 보내드린다.

신청 및 문의: 010-3171-4442 (응답은 평일 10시-17시 사이에만 가능.)

간략한 순서는 다음과 같다.

1. 비치클린 참여를 희망하는 날짜, 시간, 참여 인원수를 문자로 보내
신청한 후, 김녕 비치클린 센터에 방문한다. (센터 운영시간은 매일 9-18시.
신청은 평일 10-17시 사이에만 가능.)

2. 센터에 있는 청소에 필요한 물품을 대여한다.

3. 바다정화 활동을 하고자 하는 바닷가로 가서 쓰레기를 줍는다.
(조천읍과 구좌읍 일대에서 가능하며 제주도 지리에 익숙하지 않은 분들을

위해 신청 시 센터에서 가까운 해변/해안 지도를 보내드린다. 바다 청소를 원하시는 장소를 알려주시면 주운 해양쓰레기를 어디에 놓아야 하는지 알려드린다.)

4. 비치클린을 하며 인증 사진을 찍는다. 타임스탬프와 같이 사진을 찍은 시간이 표시되는 어플을 이용해서 사진을 첨부하면 봉사활동 시간이 인정된다. (봉사활동 시간 실적 필요 시 신청 링크 요청은 필수.)

5. 주운 쓰레기는 약속된 장소에 놓고 세이브제주바다로 수거한 자루 개수를 알린다.

6. 대여한 물품들은 센터로 돌아와 당일 반납한다.

7. 센터에 비치되어 있는 바다지킴이 서약서와 세이브제주바다 스티커를 챙긴다.

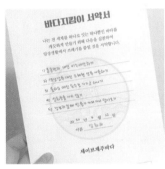

**세이브제주바다를
통하지 않고
비치클린을 하는
방법**

간략한 순서는 다음과 같다.

1. 활동하고자 하는 장소가 해당되는 읍사무소나 주민센터로
연락해서 해양쓰레기를 줍는 봉사활동을 한다는 사실을 알리고,
해양쓰레기 배출 장소에 대한 정보를 얻는다. 더불어 해양쓰레기 수거
자루와 장갑 지원이 가능한지 묻고, 가능하다면 시간 약속을 정해
받으러 간다. 물품은 일반 철물점에서도 구입 가능하다. (일요일은
대부분의 철물점이 문을 닫으니 참고하자.)

2. 쓰레기를 줍고 자루를 잘 묶은 후 해양쓰레기 수거 차량의 접근이
용이한 장소에 놓고 주민센터나 읍사무소에 전화해 쓰레기 신고를
한다. 또는 '안전신문고' 어플을 이용해 신고할 수 있다. (어플을 다운로드
받고 회원가입 후 로그인, 오른쪽 상단에 있는 '생활불편' 클릭, 유형 선택에서
'해양쓰레기' 선택, 사진을 찍고 업로드한 다음 주소를 입력하면 끝!)

여러 번 강조하지만 해양쓰레기가 방치될 경우, 지나가는 사람들이
계속해서 그 주위에 쓰레기를 버려 쓰레기 투기의 장이 될 수 있으므로
반드시 신고하거나 약속된 장소에 쓰레기를 배출해야 한다. 우리는
보통 주말에 활동을 하는데 수거는 월요일에 이루어진다. 그동안
지나가는 사람들이 우리가 수고롭게 주운 해양쓰레기 위에 쓰레기를
투기하는 일도 많다.

또한 내용물이 떨어지지 않도록 자루에 달려 있는 끈으로 잘
묶어주어야 한다. 무거운 자루를 땅에 끌면서 이동하는 경우 자루가 다
해져서 내용물이 떨어질 수 있으니 주의하자.

쓰레기를 줍다 보면 유리조각이나 주사바늘 등 날카로운 쓰레기도
많이 보이는데 다치지 않도록 조심해야 한다. 또 미끄럽지 않은 신발을
신고 비치클린에 임해야 한다. 해안가에 있는 돌은 미끄러워 사고로

이어질 수 있으니 각별히 유의하자. 꽹생이모자반이나 파래 등으로
덮인 돌 위 역시 미끄러우니 그 위를 밟지 않도록 한다. 특히 또
조심해야 할 것은 돌 사이사이에 낀 쓰레기를 잡아당기는 일이다. 잘
빠지지 않는다고 있는 힘껏 잡아당겼다가는 쓰레기가 빠지는 순간 뒤로
넘어지기 십상이다.

　비가 오면 돌이 미끄럽고, 파도가 세거나 바람이 센 경우에도
바닷가 근처에 가는 건 위험할 수 있다. 쓰레기를 줍는 것보다 안전이
최우선이므로 항상 유념하자. 비 오는 날에 쓰레기를 줍기 위해 우비를
구입하는 일은 지양한다.

　썰물에는 물이 빠지면서 해양쓰레기들이 해변 및 해안가에 남게
된다. 썰물 시간에 맞춰 비치클린을 하면 더 넓은 면적에 있는 더 많은
해양쓰레기를 주울 수 있다. 물때는 매일 시간이 달라지는데 '바다타임'
웹사이트에서 전국 물때를 확인할 수 있다. 보통 간조(썰물)와
만조(밀물)가 6시간마다 반복되며 간조 전후 2시간이 비치클린 하기에
황금 시간대이긴 하지만 그 외 모든 시간에도 가능하다. (예전에 물때
확인하는 것을 깜빡하고 물이 가득 찰 만조 때 월정에서 비치클린을 한 적이

있는데 파도가 큰 날이어서 신발과 옷이 다 젖었던 기억이 있다.)

쓰레기는 염분에 오염된 해양쓰레기만 줍는다. 따로 분류할 필요 없이 다 한자루에 넣으면 된다.

농구공보다 큰 사이즈의 스티로폼 부표는 재활용을 위해 따로 분류하는 집하장들이 많기 때문에 자루에 담지 않아도 된다. 단, 무게가 너무 가볍기 때문에 해양쓰레기를 배출하는 곳에 쌓아놓을 때 다른 쓰레기나 주변에 있는 돌을 스티로폼 위에 놓아두어 바람에 날아가지 않도록 한다. (스티로폼 조각일 경우엔 자루에 담는다.)

플라스틱 부표, 큰 플라스틱 말통이나 컨테이너도 부피가 크니 따로 자루에 담지 않아도 된다. 이런 것들을 따로 모아놓으면 해양쓰레기 중간집하장에서 가져가서 재사용 또는 재활용하는 사람들이 있다. (자루에 담긴 쓰레기들은 집하장에서 분류하지 않는다.)

제주에는 세이브제주바다 말고도 쓰레기를 줍는 봉사단체가 많이 있다. 해양쓰레기를 줍고 인증하면 협력 카페에서 5,000원 할인을 받을 수 있는 '봉그깅마시킹' 외 다양한 캠페인을 진행하는 디프다제주(@diphda_jeju), 프리다이빙을 하면서 수중 쓰레기를 줍는 플로빙코리아(@ploving_kr), 스쿠버다이빙을 하며 수중정화 활동을 하는 오션케어(@oceancare.or.kr), 개인컵을 이용하는 지구별 여행자에게 식수를 무료 공급하는 지구별약수터 캠페인을 벌이는 플라스틱프리제주(@plasticfreejeju), 바다뿐만 아니라 도심에서도 플로깅을 재미있고 즐겁게 하는 봉그젠(@bgzjeju), 비치코밍으로 주운 유리로 공예품을 만드는 재주도좋아(@jaejudojoa), 다양한 혜택과 상품이 걸려 있어 재미있는 '줍젠'을 진행하는 제주미니(@jejumini), 제주 해양쓰레기 데이터를 수집 및 기록하는 제주혼디(@jeju.hondi), 미세플라스틱을 줍고 그것으로 만다라를 만드는 에코오롯(@plasticmandala) 등 많은 단체가 활동하고 있다.

제주가 아닌 지역에서는 1365자원봉사 포털사이트로 들어가서 '쓰레기줍기' 등의 검색어를 통해 여러 봉사활동을 찾아볼 수 있다. 또 소셜미디어에서 '#플로깅' '#비치클린'과 같은 해시태그를 검색해서 나와 가까운 주변에서 활동하는 단체를 찾아볼 수 있다.

산을 오르면서 쓰레기를 줍고 주운 쓰레기로 정크 아트를 만드는 클린하이커스(@clean_hikers), 전국적으로 활동하는 플로깅 단체인 와이퍼스(@wiperth_official), 해양생태계를 지키고 서식지 파괴를 막기 위해 활동하는 시셰퍼드 코리아(@seashepherd_korea)도 관심이 있다면 함께해보면 좋겠다. 이런 환경단체들이 인스타그램에서 팔로잉하는 계정들을 확인하면서 더 많은 단체의 정보를 얻는 것도 좋은 방법이다.

세이브제주바다가 꿈꾸는 내일	앞으로도 세이브제주바다는 더 많은 사람이 더 쉽게 비치클린을 할 수 있도록 도울 것이다. 함께하면 변화를 만들 수 있다는 것을 몸소 체험하고 '우리'가 되는 '나 하나의' 가치를 알 수 있도록 말이다. 또한 환경교육 프로그램과 쓰레기 줄이기 캠페인도 계속해서 진행할 것이다. 가장 빠른 변화를 만들어낼 수 있는 것은 '나'임을 알고 일상생활에서 작은 변화들을 만들어낼 수 있도록 돕고 싶다.

또한 해양쓰레기 수거에서 끝나지 않고 해양쓰레기 처리 문제에 대안을 제시할 수 있도록 해양 플라스틱 쓰레기를 재활용하는 다양한 프로젝트도 계속해서 진행할 예정이다. 궁극적으로는 제주도에서 수거한 해양 폐플라스틱이 제대로 선별되고 재활용될 수 있는 시스템을 만드는 데 기여하고 싶다는 욕심이 있다.

세이브제주바다의 활동이 '나와 같은 고민을 하고 나처럼 각자의 자리에서 할 수 있는 만큼 최선을 다함으로써 작지만 변화를 만들려는 사람들이 있구나' 하는 위안이 되고 '함께하면 달라질 수 있다'는 희망이 되기를 바라고 있다.

'함께하는 힘'과 '우리'가 되는 '나 하나'의 가치를 느낄 수 있도록 도와주신, 세이브제주바다 비치클린에 참여해주신 모든 분들께 감사를 전한다.

단체를 운영하다 보니 '진정성'에 대해 고민하는 시간이 많다. 스티커 하나를 만들 때도 캠페인을 더 홍보할 것인지, 쓰레기를 줄이자는 단체의 목적에 더 비중을 두어 아무것도 만들지 않아야 할지 고민하게 된다.

어업폐기물 재활용이나 전시 프로젝트를 할 때는 많은 돈이 들기에 기업 후원이 필요해진다. 그럴 때면 조금씩 타협하게 돼 생각이 많아진다. '이것을 했을 때 만들어지는 변화는 무엇인가. 아무것도 하지 않았을 때와 비교해 무엇이 더 나은 결과를 가져오는가'라는 질문 과정을 거쳐 결정하고 있다.

혹 지금까지의 세이브제주바다 행적에 실망하신 분도 있을 수 있고, 앞으로 실망하실 분도 있을 수 있지만, 모두를 만족시킬 수는 없다는 것을 안다. 결과만 보여지기 때문에 모두에게 우리가 하는 결정들을 세세히 설명할 수 있는 기회가 없다는 것도 안다. 하지만 세이브제주바다는 사람들의 응원뿐 아니라 질책도 겸허히 수렴하며 앞으로도 계속해서 더 나은 방향으로 나가도록 열심히 노력할 것이다.

해양쓰레기를
줍다 만난
생물들

조개낙지. 제주바다에서
발견되는 신비로운 생명체!
Paper nautilus 또는
Argonaut이라는 영문명을
가진 문어과 생물이다. 암컷이
알을 보호하기 위해 두 개의
촉수 끝에서 나오는 분비물로
알껍데기를 만든다고 한다.
이 알껍질을 타고 바다를
항해한다.

예쁜 모양의 염통성게.
제주도뿐만 아니라
전 세계 곳곳에서
연잎성게류 껍질이 자주
발견된다. 방패연잎성게도
자주 발견되며, 영어로는
Sand Dollor라 불리기도
한다.

구멍연잎성게 © 다라

227

갯민숭달팽이는 바다에 사는 껍데기가
없는 달팽이류를 말한다. 독특한
형태와 화려한 색을 가지고 있다.

작은부레관해파리. 제주에서
흔하게 발견되는 독성
해파리로 영어명은 포르투갈
전함이라는 뜻의 Portuguese
Man O' War이다. 생김새로
인해 블루보틀이라는 별명을
가지고 있다. 이름에 해파리가
붙었지만 엄밀히 말하면
해파리가 아니다. 하나의 개별
생명체가 아니라 여러 개체가
모여 하나의 군체를 이루고
있기 때문이다.
작은부레관해파리는 격통을
유발하는 독을 가지고 있는데
마치 전기로 지지는 듯한 고통
때문에 '전기해파리'라고도
불린다. 따뜻한 바다라면
세계 어디에서든지 발견된다.
자력으로 움직일 수 없고
파도와 바람, 해류에 따라
떠다니기 때문에 수천 마리씩
몰려 다닌다. 촉수의 독침이
해파리의 생사나 의지와
관계없이 전자동으로 작동하기
때문에 죽은 것 같다고 해서
함부로 만지면 안 된다.

홍조단괴(왼쪽)와 스티로폼 조각(오른쪽). 홍조단괴란 홍조류가 생리과정에서 탄산칼슘을 축적하여 돌처럼 단단하게 굳어져버린 상태를 말한다. 홍조단괴로만 이루어진 해변은 세계적으로 몇 곳 없어서 학술적으로도 희소 가치를 지닌다고 한다. 그래서 우도의 산호해변인 서빈백사의 홍조단괴는 우리나라 천연기념물 제 438호로 지정하여 반출을 금지하고 보호하고 있다.

해양쓰레기를 줍다 보면 뭐가 쓰레기인지 잘 몰라
쓰레기가 아닌 것들을 주울 때가 있다.
해면과 갑오징어뼈가 그 대표적인 예다.
사진 왼쪽은 해면이라고 하는 바닷속 작은 생물의
공동체이다. 해면을 영어권에서는 Sea Soponge라고
하는데 이 명칭은 목욕해면에서 유래되었다고 한다.
형이상학적으로 생기면 자연의 것인 해면이니 주우면
안 되고, 맨질맨질하거나 균일한 형태를 가지고 있으면
우리가 아는 그 스폰지 쓰레기이니 주우면 된다.

사진 오른쪽은 갑오징어의 뼈이다. 갑오징어뼈는
아주 미세한 구멍들이 있어 물에 둥둥 뜬다. 그
때문에 해류와 간만조의 차로 해안가로 밀려온다.
갑오징어뼈는 쓰레기가 아니니 줍지 않아도 된다.
참고로 갑오징어뼈는 대부분 탄산칼슘으로 되어
있어 과거에는 금속 세공용 연마제로도 사용되었다고
한다. 최근에는 치약, 제산제에 사용되기도 하고,
앵무새나 거북이 등 반려동물의 칼슘 식이 보충제로도
사용된다고 한다.

인어의 지갑. 지갑처럼 생겨 인어의 지갑이라고 불린다. 괭이상어과에 속하는 두톱상어나 혼상어뿐만 아니라 홍어나 가오리 같은 연골어류들이 이렇게 알집 형태로 알을 낳아 보호한다고 한다. 알집은 산호, 해초나 해저 같은 곳에 붙어 성장할 때까지 보호해주는 역할을 한다.

감사의 말

'남들은 친구 따라 강남 간다는데 나는 친구 따라 쓰레기 주우러 간다'는 말을 우스갯소리로 하는 사람, 바로 내 친구 박순선이다. 세이브제주바다 시작부터 지금까지 계속 함께해주고 있는데 순선이가 없었다면 아마 1년도 채우지 못하고 그만뒀을 것이다. 그동안 내가 부족한 모습을 많이 보였지만 끝까지 내 손을 잡아주는 사람인 순선이에게 앞으로 더욱 정진하는 모습으로 보답하겠다고 말해주고 싶다. 그리고 순선이와 함께 세이브제주바다 기둥이 되어주고 있는 두현오빠, 은빈이에게도 항상 고맙고 감사하다.

지난 몇 년 동안 매주 부표 수거하러 함께 다녀주고, 수거한 부표를 모아두는 장소 관리까지 해준 서우가 아니었다면 부표를 재활용해서 만든 제품들의 탄생이 불가능했을 것이다. 고맙고 고생 많았다는 말을 꼭 전하고 싶다.

세이브제주바다 이미지에 딱 맞는 아꼬운 디자인을 탄생시켜주는 예라, 상상을 현실로 만들어주시는 민호님, 인스타그램을 관리하며 비치클린 신청을 책임져주고 있는 진수, 뼈 때리는 피드백으로 도움을 주는 미란, 도움이 필요할 때마다 항상 손을 내밀어주는 다라, 멋진 사진 많이 찍어준 원철, 금손으로 영상편집 등 많은 도움을 주었던 수경, 세이브제주바다 언어마술사 정진, 긍정 에너지로 항상 밝은 에너지를 전해준 은영, 귀인처럼 나타나 누구보다 열심히 땀 흘리며 도와주시고 계신 세이브제주바다의 보물 경민님과 우성님, 우리 운영진 모두에게 감사하다는 말을 꼭 전하고 싶다. 그리고 운영진으로 활동하다가 개인적인 사정으로 그만두셨지만 활동하는 동안 도움 많이 주셨고 고생 많으셨던 우준님, 혁철님, 정매님, 태호님, 오드리님 그리고 지원님께 감사했다고 전하고 싶다.

세이브제주바다 처음을 함께해준 서퍼 친구들과 나의 온갖 고민과
푸념을 들어주느라 피곤했을 수진이, 세이브제주바다 로고를 만들어준
진섭오빠, 세이브제주바다를 알리는 데 가장 도움을 많이 준 하정이,
세이브제주바다 초기 홈페이지를 제작해줬던 Ray, 세이브제주바다
활동을 예쁘게 영상으로 담아주고 있는 도니피디, 많은 것을
알려주시고 도와주신 홍남개발 사장님과 대구플라스틱 사장님 그리고
재활용 가능한 부표를 따로 모아주신 구좌읍 집하장 삼촌들까지,
도움을 주셨던 모든 분들께 감사의 인사를 전한다.

나를 전적으로 믿어주고 응원해준 우리 가족 덕분에 여기까지
올 수 있었다. 세이브제주바다 활동을 시작했을 때부터 지금까지
물심양면으로 아낌없이 지원해주고 있는 내 전부인 엄마, 아빠, 오빠,
제이언니, 송이언니 그리고 바다쓰레기 함께 주워주는 우리 착한
조카들, 가은, 결, 다은, 무영, 무한에게 정말 고맙고 많이 사랑한다는
말을 꼭 전하고 싶다.

한 달에 한 번 모여 해양쓰레기를 줍자고 시작한 것이 이 모든
일들을 이루게 되는 발판이 되었다. '나 하나'였지만 그런 '나 하나'들이
모여 '우리'가 될 수 있었기에 이룰 수 있던 성과라 생각한다.
세이브제주바다와 함께해주신 모든 '나 하나'들께 감사드린다!

오늘도 쓰줍

1판 1쇄 발행 2025년 5월 21일

지은이 한주영

펴낸이 문성미
책임편집 정연우
그림 장예라
디자인 문성미

ISBN 979-11-91037-20-3 03810

펴낸곳 리리 퍼블리셔
출판등록 2019년 3월 5일 제2019-000037호
주소 10414 경기도 고양시 일산동구 중앙로 1193, 6층
     A667호(장항동, 마두법조빌딩)
전화 070-4062-2751
팩스 031-935-0752
이메일 riripublisher@naver.com
인스타그램 instagram.com/riri_pub

독자 북펀드로《오늘도 쓰줍》과 함께해주신 분들
(가나다순)

계양산 호빵맨	고서준	고지희	그래도	김경민
김귀무	김성희	김소금	김지은	김태산
김현지	무영무한	박순선	박지영	사운드온더트레일
설은선	손현주	양보영	양혜선	여민호
오정록 구은혜	윤이진신은정	윤정화	으뇨니따	이주은
장재영	정선영	정지민	제주서퍼걸	조민영
좌현경	홍수옥	황혜진		

외 함께해주신 모든 분들께 깊은 감사드립니다.